보건의료단체로서 걸어온 30년

건치,
이상한
치과의사들의
이야기

건치신문 편집국 엮음

맑은샘

차례

발간사

　오랜 반독재 투쟁과 '87년 민주항쟁의 결과로 만들어진 국가 시스템이 통째로 부정되는 사태가 벌어졌습니다. 대통령과 비선 측근들은 국가 권력을 사적인 이익을 위해 휘둘렀고, 국가 정책, 공적 인사 등에 불법적인 경로로 개입하며 국정을 농단했습니다. 이에 맞서 시민들은 사상 초유의 100만 촛불 시위 등 다시 민주주의를 세우기 위해 전국 각지에서 촛불을 들고 거리로 나오고 있습니다.

　제도와 선거의 문제 등 다양한 원인이 있겠지만 냉정하게 돌아보면 권력과 언론을 감시하는 건강한 시민의식의 약화와 시민운동의 쇠퇴도 원인의 하나였을 것입니다. 1987년 6월 항쟁의 정신으로 세워진 건치도 이번 사태를 진정한 민주주의와 차별 없는 의료제도를 만들어가는 실천을 더 열심히 해나가는 다짐의 계기로 삼아야 할 것입니다.

　건치는 이미 2015년부터 조직 점검을 하기로 결의하고, 건치 시스템에 대한 평가를 시작했습니다. 여기에 발맞춰 건치신문은 2015년 6월부터 올해 4월까지 전국 건치 8개 지부 및 1개 지회를 돌며 회원들과 함께 지부와 건치의 과거와 현재, 그리고 미래를 전망하는 기획특집을 진행했습니다.

여기에 더해 건치 조직 전반을 두루 살펴보자는 취지로 건치 산하 조직인 남북구강보건특별위원회, 구강보건정책연구회, 지금은 독립법인이 된 베트남평화의료연대, 건치신문에 대한 추가 대담을 진행하여 건치의 인적 역량, 조직력, 변화 가능성 등에 대해 살펴봤습니다.

또한, 건치가 소속된 건강권실현을 위한 보건의료단체연합 대표자들과의 간담회를 통해 진보적 보건의료운동과 건치의 연대사업에 대한 평가와 앞으로 나아갈 방향에 대해 점검하기도 했습니다.

건치신문은 그동안 진행해온 일련의 기획 대담들을 엮어 한 권의 책으로 출간하려 합니다. 이 책이 건치의 현재 위치를 정확히 진단하고 '건강한 사회를 위하여 더불어 실천하는 의료인'이 되고자 하는 건치인들이 나아가야 할 길을 합의해 나가는데 밑거름이 될 수 있기를 바랍니다.

이 책을 만드는데 수고한 김철신 편집국장과 윤은미, 안은선, 이상미 기자에게 심심한 감사의 말을 전합니다.

건치신문 전민용 대표이사

1987년! 우리나라 민주화의 분수령을 이루어 내었던 감격의 해이고, 건치의 태동이 시작된 해이고, 제가 치과대학의 신입생이 되어 치과의사로서의 미래를 꿈꾸기 시작하던 해입니다. 어느덧 30여 년이란 세월이 흐른 지금, 100만 시민이 촛불을 들고 거리를 가득 메우며 국가의 근본을 뒤흔든 대통령의 퇴진을 외치고 있는 뼈아픈 현실에 분노를 참을 수 없으며, 그 거리에 건치회원으로서 함께하고 있음을 자랑스럽게 생각합니다.

건치는 '치과의사로서, 혹은 인간으로서 건강하고 행복한 삶을 영위하기 위해 어떻게 살 것인가?'에 대한 기본 물음을 바탕으로 개인의 문제와 사회구조적 문제의 해결을 위해 수많은 고민과 실천 활동들을 하면서 답을 구하여 왔고, 더 나은 세상을 만들어가는 데 일조하고자 노력해 왔습니다.

그간의 활동을 돌이켜 보면 사회민주화와 시대의 부름에 응답하는 실천 활동, 분단된 조국의 통일을 염원하며 진행하고 있는 대북사업, 치과계 미래의 대안을 제시하는 정책연구사업, 치과의사로서 직능을 바탕으로 꾸준히 진행하고 있는 진료 나눔사업, 지역사회의 일원으로서 지역의 시민사회계와의 소통과 연대 등 광범위하고 심층적인 활동을 해오고 있습니다.

30년의 세월을 돌아봅니다. 꿈과 열정을 가지고 좌충우돌하던 젊은 시절을 거치며, 세월의 흐름 속에 안주하며 무뎌지고, 변화하는 현실의 상황에 휘둘리고 방황하다 보니 어느새 에너지를 소진하여 활력을 잃어가고, 생명력과 열정을 되살릴 방안을 찾아 헤매는 나의 모습이 건치의 모습과 오버랩 됩니다.

건치는 오늘 이 순간에도 더욱 건강한 조직으로 도약하기 위하여 노력하고 있습니다. 변화하는 시대적 환경을 직시하고 주어진 역량을 모아 가고자 하고 있으며, 소통구조의 마련과 미래의 후진양성을 위한 노력을 기울이고 있습니다. 초심을 다시금 돌이켜 봅니다.

건치의 정신은 치과의사로서의 개인의 올바른 삶의 지표를 세워가는 것, 이 시대를 살아가는 사회구성원의 일원으로서 시대의 요구에 응답하고 실천해가는 것으로 압축해 볼 수 있을 것이며 이는 세월이 흘러도 바뀌지 않을 것이라 봅니다. 이런 첫 마음이 건치의 존재 이유이고, 그 마음이 변치 않는 한 건치는 계속될 것입니다.

세월은 사람의 기억을 희미하게 만들어가고, 기록되지 않는 과거는 잊히겠지요. 한 그루의 나무는 홀로이나 모여 보면 숲이 되고, 낱알의 구슬은 꿰놓으면 보배지요.

알고 있고 쉬운 일이나 선뜻 나서기는 어려운 길입니다. 많은 노력과 시간 투자가 이루어져야 하는 일이기에 결코 쉬운 일이 아닙니다.

건치의 지나온 발자취를 집대성한 책자의 발간을 위해 애써주신 건치신문사에 깊은 감사의 마음을 전합니다. 한 페이지 한 페이지를 읽다 보면 그간 건치인들이 해왔던 수많은 고민과 노력, 쏟은 열정과 좌절들, 밤을 지새운 나날들의 추억, 이루고자 하는 꿈들이 스며있음을 느낄 수 있을 것입니다.

건치인으로서의 자부심을 느낄 수 있는 소중한 책자를 발행해 주신 건치신문사에 다시금 감사의 인사를 드립니다.

단순히 과거를 추억하고자 함이 아닌 미래의 건치를 그려볼 수 있는 나침반이 되길 바라며…

건강사회를 위한 치과의사회 정갑천 공동대표

박근혜 대통령 및 그의 비선실세 그리고 재벌들이 유착한 비리와 국
정농단이 점입가경에 이르고 있습니다. 급기야는 전 국민이 들고일어
나 박근혜 정권의 퇴진을 요구하기에 이르렀습니다. 하지만 박근혜 정
부는 마치 30년 전 군부독재정권이 그러했던 것처럼 전 국민에 맞서
국정농단을 지속하려는 파렴치함을 노골화하고 있습니다.

건강사회를 위한 치과의사회(이하 건치)는 인도주의실천의사협의회,
건강사회를 위한 약사회, 참의료실현청년한의사회 등과 함께 1987년
이 땅의 군부독재를 타도하고 민주주의를 바로 세우고 이 땅의 소외
당한 이들의 건강권을 지키고 확대하기 위한 진보적 보건의료운동에
많은 노력을 기울여 온 지 30년이 되었습니다.

이제 다시 한 번 건치도 박근혜 정부에 맞서 이 땅에 민주주의와 소
외당하는 이들의 건강권을 지키고 확대하기 위한 싸움에 비상한 노력
이 경주해야 할 때가 되었습니다.

건치의 조직진단에 발맞춰 건치신문이 건치 안팎으로 조직을 점검하
고 새로운 30년을 도약하는 데 힘이 되고자 전국 건치 8개 지부 및 1

개 지회, 그리고 산하 조직인 남북구강보건특별위원회, 구강보건정책연구회, 건치 해외봉사진료 사업에서 지금은 독립법인이 된 베트남평화의료연대 등의 역사와 현재, 그리고 구성원들이 모여 건치의 미래를 전망하는 이야기를 엮어 책으로 출판하게 되었다고 하니 여간 기쁜 일이 아닐 수 없습니다.

모쪼록 건치의 내부 조직 민주주의를 드높이기 위한 노력이 결실을 보아 우리 사회의 퇴행을 막고 민주주의와 민중의 건강권을 바로 세우는데 큰 몫으로 기여하기를 바랍니다.

건강권실현을 위한 보건의료단체연합 김정범 상임공동대표

추천사

'건강사회를 위한 치과의사회'를 생각하면 민주화 투쟁에 앞섰던 학생운동시절이 기억납니다. 20대 설익은 학생 시절은 끝나지 않을 것 같은 어둠으로 가득했습니다. 건강한 사회를 만들겠다는 신념 하나로 거리의 투사가 된 저에게 치과의사의 꿈은 멀게만 느껴졌습니다. 얼마 있어 어둠이 물러나고 1990년에 치과의사가 되어서 건강사회를 위한 치과의사회를 만났습니다.

건치는 1987년 6월 항쟁의 정신으로 '건강한 사회의 실현을 위해 더불어 실천하는 의료인'에 목표를 갖고 세워졌습니다. 학생 시절 더 좋은 사회를 만들겠다는 열망을 의료인이 된 뒤에도 잃지 않고 함께 할 수 있는 동료들을 만난 것은 행운이었습니다. 건치와의 인연으로 맡게 된 사업부장직은 회장직까지 이어졌습니다. 저에게 있어 건치는 떼려야 뗄 수 없는 사이라는 말이 적절할 것입니다.

제가 건치 회장으로 재임할 때 해외 봉사진료 사업으로 베트남 평화진료단을 만들었습니다. 건치 평화진료단은 베트남전쟁 당시 한국 군인들에 의한 민간인 피해가 컸던 중부지역에서 진료봉사활동을 벌였습니다. 건치의 건강한 사회를 만든다는 목표는 세계로 나가고 있습니다. 건치 평화진료단을 생각하면 가슴이 뜨거워집니다.

차별 없는 의료를 이루기 위해 건치의 역할은 더 중요해지고 있습니다. 공공의료 서비스의 참된 목적을 곰곰이 생각하고 모든 의료인은 의료인으로서 생명의 가치를 되짚어야 할 시기입니다. 그렇기에 건치신문의 《건치, 이상한 치과의사들의 이야기》의 출간은 건치의 앞으로의 방향을 전망하고 제시할 뿐만 아니라 의료인의 역할을 되돌아보는 소중한 의미가 있습니다.

중국의 의사이며 사상가, 문필가였던 루쉰의 "희망이란 길과 같다. 걷는 사람이 많아지면 결국 길이 된다"는 말을 생각해봅니다. 길조차 보이지 않았던 26년 전 건치와 함께한 선·후배 의료인의 발걸음은 이제 반듯한 길이 되어 더 많은 의료인이 동참하고 있습니다. 《건치, 이상한 치과의사들의 이야기》는 건강한 사회를 만들겠다는 신념으로 걸어가고 있는 건치 의료인들에게 목적지에 무사히 도착할 수 있는 등대가 될 것으로 생각합니다.

더불어민주당 국회의원 신동근

1부

건치
지부를
소개합니다

        1987년 6월 항쟁의 승리를 기반으로 '올바른 민중사회 건설'이라는 목표 아래 치과의사의 사회적 책임과 역할을 다하기 위한 목적으로, 1989년 4월 26일 건강사회를 위한 치과의사회(이하 건치)가 창립됐다. 또 1987항쟁 이후로 현재까지 보건의료운동의 큰 축을 담당하고 있는 인도주의실천의사협의회(이하 인의협), 건강사회를위한약사회(이하 건약), 참의료실현청년한의사회(이하 청한)가 함께 생겨났고 지금까지 건강한 사회를 만들어 가기 위해 건치와 연대하며 활동해 오고 있다.

    건치신문은 건치 창립 28주년을 맞아 지금까지의 건치 지부 역사와 활동을 돌아보고, 미래를 모색해 보기 위해 지난 1년 반 동안 진행한 '지부기획'을 연재했다. 지난 2015년 3월부터 2016년 4월까지 윤은미·안은선·이상미 기자가 취재한 기사를 엮었다.

"광전 건치, 지역민과 함께 달려온 26년"

광전 건치 역사 및 성과 정리…지역 보건의료단체로서 활동 중심으로

안은선

첫 번째로 살펴볼 지부는 건치 광주·전남지부(이하 광전 건치)다.

건치가 1989년 4월 26일 창립되고, 이어 지부들이 결성되기 시작했다. 광전 건치는 5월부터 준비위원회를 발족해 조직 개편, 회칙 제정 등을 거쳐 8월 5일 광전 건치를 창립했다.

건치 6개 지부 중 가장 마지막에 창립됐지만, 현재 건치 지부 중 가장 활발한 활동, 월등한 회원 수, 끈끈한 가족애(?)와 동지애(?)를 과시하는 지부로 성장했다.

초대 집행부는 김무영 회장을 중심으로 이계원 홍보편집부장, 장용성 사업국장, 조세용 의료보장분과장, 정 담 지역진료국장, 송광은 발산진료부장, 정은주 학동진료부, 최숙희 교육연구부장, 정은주 총무부장, 김흥준 구강보건분과장, 반핵반공해분과 최철용, 김재형 무등 진

14

료부장, 김형석 한빛진료부장 등으로 구성됐다. 현재는 이금호·김용주 공동대표를 비롯한 102명의 회원이 광전 건치를 이끌어 나가고 있다.

건치신문은 광전 건치가 보건의료단체로서 지역사회에 뿌리내려 온 과정과 민주화 단체로서 사회의 큰 틀 안에서 어떤 정체성을 갖고, 의료인이면서 한 명의 시민으로서, 단체로서 어떻게 대응해 왔는지 살펴볼 예정이다.

태동기 : 열악한 의료현실에 뿌리내린 초창기 지역사업

"본 건치 광전지부는 회원 간의 민주적 활동을 통하여, 사회현실에 대한 인식을 기초로 보건의료 현실의 모순을 극복하여 올바른 보건의료체계의 정립 및 발전을 도모하고, 사회 각 부문과 공동 협력하여 사회의 발전과 민주화에 기여하는 제반 활동을 수행함으로써, 올바른 의료인상의 구현을 목적으로 한다."

- 《광전 건치 지부 창립회지》 중 (1989년 8월 5일)

광전 건치는 설립 초기 단계에서부터 지역 진료 부분을 주요 사업으로 상정, 진행해 왔다. 당시 광주는 의료인에게 부과된 과제가 많은 곳이었다. 그래서 타 지부보다 지역주민과의 연계 사업이 일찍부터 모색됐다. 이러한 지역 특수성을 고려해 광전 건치는 지역 대중과 함께하는 최소한의 실천적 단위로 '지역진료국'을 조직구조 속에 체계화시켰다.

광주지역 의료인들은 본격적으로 단체가 설립되기 전인 1985년도부

터 소진료소 활동을 꾸려왔다. 빈민부분에 학동·발산·한빛이, 노동
부분에는 무등, 농민부분에는 나주 진료 팀 등 5개 진료소를 지역청년
운동단체와 함께
운영해 왔다.

▲ 1989년 광전 건치 초창기 모습

그중 몇 개의 진
료소는 지역단체의
요구 때문에 탄생
하기도 했다. 광전
지역 소진료소 활동
은 지역 속에서 활동하고자 하는 단체와 지역에서의 요구가 결합했다는
데 의의가 있다. 같은 맥락으로 1989년 5월 13일 전남치대 졸업생인 정
은주, 조부덕 회원이 공동으로 광주시 소태동에 '광주푸른치과'를 개원
했다. 이곳에 딸린 작은 숙직실은 광전 건치 사무실로도 활용됐다.

광주푸른치과는 이미 건치 중앙에서 구로·가리봉동 일대의 노동자
들을 대상으로 한 민중의원인 푸른치과를 모델로 해 설립한 것이다.

"…사업방향은 개원 당시 빈민지역 운동과 의료운동을 결합한 활
동을 구상한 것과 일치하게 될 것입니다. 빈민지역운동의 구체적
방향으로 소진료소 활동의 활성화와 지역조직인 남광주지역 민주
청년회와의 연대활동과 의료운동을 풀어나가기 위한 방향으로는
광주지역 의료 소외 계층을 위한 '의료체계'의 적극적 홍보와 실현
이 기본적 사업입니다.…(중략) 민중 자신의 건강을 민중 스스로 담

보해 낼 수 있는 의료체계, 이를 가능하게 하는 민중적 사회체계의
실현을 위해…(생략)"

    – 건치 회보《건강한 사회》(1989년 8월 25일 3호) 광주 푸른치과 소식

이러한 지역적 특수성을 바탕으로 한 보건의료운동과 함께 광전 건
치는 ◇ 故 이철규열사 사인진상규명 보건의료인 공동대책위, ◇ 산업
안전법 개정에 대한 견해 표명, ◇ 한반도 반핵과 군축을 위한 보건의
료인 대회 공동 주최 등 사회적 이슈에 반응하며, 타 보건의료인·시민
단체와 연대 활동을 펼쳐왔다.

발전기 : 당위성만으론 어려웠던…수돗물 불소화 사업

1990년 초반부터
진행된 건치의 '상
수도 불소화 사업
(이하 수불사업)' 촉
구에 동참, 이를 위
한 서명 및 거리 캠
페인, 촉구대회 등
을 펼쳤고, 1995년

▲ 1993년, 광주 수불사업 거리 선전전

은 특히 광전 건치에서 수불사업이 가장 활발하게 진행된 해였다.

그 내용으로는 광주시치과의사협회(이하 광주치협)로의 수불사업 확
대, 건치 산하 수불사업 특별위원회 결성, 광주광역시 의회 정기회기

에 정영로 의원의 시정 질의를 거쳐 1996년 제1회 추경예산에 수돗물 불소화 사업 시범 사업비 2억 원을 확보하는 성과를 거뒀다.

이후 2000년에는 국내에서 수불사업이 시행된 지 20주년이 되는 2001년을 준비하며《수돗물 불소화 사업 자료집》발간, 광주치협 및 학계와 수불사업 범 치과계 추진위원회 구성, 시의회에 청원서 제출, 어린이날 홍보, 수불사업 20주년 기념 광주전남 대회 등의 노력을 거쳐 광주 상수도사업본부는 1개 정수장 수불사업 실시를 위한 시범사업비로 약 2억 1천만 원의 예산을 추경, 반영했다.

그러나 광주지역 녹색연합이 '수돗물 불소화 반대를 위한 시·도민 연대'를 결성, 호남일보를 통해 '불소의 위험성' 등 일반 시민들에 겁주기 식 거짓 주장 유포, 반대여론 선전전 등을 벌였다. 급기야 제104회 시의회 임시회에서 수불사업 시범사업비용 전액이 삭감되는 등 한계에 부딪혔다.

당시 상황에 대해 광전 건치 20주년 기념 사업단은 "건치를 비롯한 전문가 집단과 실질적인 수혜자이면서 이 사업의 진정한 주체인 광주 시민들이 공감대를 형성하고 연결 고리를 갖게 되는 것이 앞으로 이 사업을 진행하는 데 있어서 중요한 과제라고 생각한다"며 수불사업 추진 결과에 대한 평가와 앞으로 새롭게 준비해야 할 방향성에 대해 밝혔다.

안정기 : 치과의사로서 '재능' 지역사회에 '기부'

광전 건치 초창기 사업은 사회 참여적 성격이 짙었다면 1995년 이후

부터는 '국민구강보
건' 부분에 초점을
맞추고 사업을 진
행했으며, 지역 단
체들과의 연대 사
업을 심도 있게 고
민하는 시기였다.

▲ 1992년부터 2004년까지 영호남 화합과 취약계층
노인들을 대상으로 한 무료 틀니 사업

　1992년부터 2004
년까지 대경건치와 연합해 취약계층 노인들을 대상으로 '영호남 화합을
위한 무료 틀니사업'을 진행했다. 광주지역과 대구지역을 번갈아 가면서
시행된 이 사업은 매해 평균 20여 명의 노인에게 무료틀니를 시술했으
며, 이후 이 사업은 '장애인 이(齒)해 넣기 사업'이란 이름으로 계승됐다.

　광전 건치는 장애인 진료사업 시작과 더불어 2003년 '장애우 진료와
지역사업'이란 주제로 구강포럼을 개최했다. 이는 광전 건치가 수불사
업이 어려워진 원인을 사업자체의 당위성에도 불구하고 대중·지역민과
그에 대한 인식 공유가 이뤄지지 못한 데 대한 반성 때문이었다.

　"장애우 진료사업이 우리 건치만의 사업이 아닌 지역 내에서의 연
　대를 통한 질적 양적 발전을 끊임없이 이뤄내야 한다는 것…(중
　략)…지역에서 치과의사로서 사회에 다시 우리의 물적, 정신적 재
　산을 환원한다는 의미에서의 건치 지역운동의 필요성…(중략)…인
　식의 공유를 바탕으로 지역사업의 상을 마련하고 실천, 발전시켜

나가야 할 것"

-2003년 건치 구강보건 포럼《장애우 진료와 지역사업》중 발췌

광전 건치 내부에서 성찰적 역량 강화, 토론 등의 바탕 위에 2000년에는 장애인진료로 광산구 보건소·선광학교 진료를 시작했으며, 2005년부터 2015년 현재까지 광주 외국인노동자건강센터 치과진료 사업을 이어가고 있다.

꾸준한 지역사회 소외계층을 위한 활동의 경우 2006년에는 광전 건치의 주도로 광주광역시치과의사회와 함께 '광주 장애인 치과병원' 건립을 추진해, 광주 전남 지역 내 건치의 위상을 확고히 했다.

이러한 건치의 치과의사 대중 사업에 대해서, 광전 건치 20주년 기념 사업단은 아래와 같이 평했다.

"2003년은 2002년에 치열하게 논의하고 계획했던 건치 대중 사업들이 성과를 이뤄낸 한해였다고 평가된다. 임상강좌의 대성공, 문화강좌의 성공적 출발, 장애인 진료사업의 질적 도약, 구강보건정책 이해를 위한 다양한 학술활동…(중략)…재정적 안정 또한 커다란 성과…(중략)… 조직 골간을 튼튼히 한데로부터 새로운 건치의 상을 만들기 위한 건치회원들의 치열한 고민과 노력의 결과…(중략)…제2의 전성기를 본격적으로 연해"

2005년 광전 건치는 공동대표제를 도입하면서 행사참여의 폭을 넓혀나가기 시작했다. 2007년 지역 아동센터와 연계해 '아동치과주치의

제' 시작, 한미FTA 반대 투쟁, 의료법 개악 저지를 위한 투쟁, 2011년 네트워크 치과 반대, 의료영리화 저지 투쟁 등 지역사회에서의 활동과 정치지형의 변화로 새로운 국면을 맞이했다.

2007년, 아름다운공동체광주시민센터와 아동들의 건강 검진 및 치료를 목적으로 자매결연을 한 것을 시작으로 지역에서의 '아동치과주치의제'를 시작했다.

2009년에는 건치 서울·경기 지부가 제안한 아동치과주치의 브랜드 명인 '틔움과 키움'을 함께 쓰기로 합의, 이후 틔움과 키움 사업으로 확대했다.

특히 틔움과 키움 사업은 2010년에는 양적 성장이 도드라졌는데, 그전까지 6개 지역아동센터와 연계해왔던 것에서 35개 치과와 37개 지역아동센터로 확대 시행하게 되면서 지역사업으로 정착함과 동시에 회원 재생산의 통로로 자리매김하게 됐다.

또한, 광주지역 건약·민주사회를위한변호사모임·인의협과 틔움과 키움 공동사무실을 개소, 공간적 연대의 틀을 마련했다.

2011년부터 현재까지 '의료영리화 저지'를 기본 바탕으로 광전 건치, 민변, 인의협, 건약 등과 '보건의료단체 협의회'를 구성해 ◇ 무상의료 운동 ◇ 광주시 보건의료 정책의 공공성 강화 및 민영화 대응 ◇ 보건의료학교 ◇ 의료관광 및 영리병원 도입 반대 투쟁 등을 전개해 나가고 있다.

또한, 가장 최근의 2015년 4월 16일 세월호 참사를 겪으면서, 세월호 특별법 제정을 위한 유가족 동조 단식, 시국선언, 촛불집회 등 활발한 사회 참여를 해나가고 있다.

이외에도 광전 건치 창립 초기부터 회원 재생산 및 역량 강화를 위한 치과의사 대중 사업, 임상강좌, 가족 야유회, 전남대와 조선대 본과 3, 4학년을 중심으로 한 '여름한마당' 등의 사업을 꾸준히 진행하고 있다.

"광주에서 건치의 저력 또 한 번 보여주길"

광전 건치를 바라보는 외부의 시선…전 민주주의민족통일광주전남연합 장화동 집행위원장

안은선

광전 건치 회원들의 추천을 받은 민주주의민족통일 광주·전남연합 (이하 광전연합)에서 오랫동안 집행위원장으로 활동해 오면서, 광전 건치 와 20년 가까이 연을 이어온 장화동 선생을 모시고 인터뷰를 진행했다.

장화동 선생은 광전연합 외에도 광주전남 민중연대 집행위원장, 6.15 공동위원회 광주전남본부 집행위원장, 광주시민센터공동대표, 정의당 광주광역시당 공동위원장을 역임했으며 현재 들불사업회 이사 를 맡고 있는 인물로 광전 건치를 오랫동안 지켜봐 왔다.

특히 10여 년간 광전 건치 총회에도 자진 출석(!)하는 등 광전 건치 에 대한 남다른 애정 또한 갖고 있다.

이날 장화동 선생은 인터뷰를 통해 지난 20년간 광전 건치의 활동 을 지켜봐 온 광주지역 활동가로서, 또 동지로, 지지자로서의 애정과 '의사님들~'에게 그간 아쉬웠던 점, 광전 건치의 앞날에 대한 기대감 을 솔직하게 밝혔다.

참고로 광전연합은 전국노동조합협의회, 전국농민회총연맹, 전국도 시빈민협의회, 전국청년단체대표자협의회, 전국대학생대표자협의회와 전국민족민주운동연합이 1991년 12월 결성한 연합이다.

조국의 자주, 민주, 통일, 민중 해방을 주장하는 우리나라 대부분의 민족민주, 민중 단체들이 망라돼 있으며 한국 재야운동의 정치적 대표체를 자임하며 국가보안법 철폐, 주한미군 철수, 연방제통일을 주장해 왔다. 민주주의민족통일 전국연합은 2008년 2월 한국진보연대라는 좌파 연합체로 발전적 해소 됐다.

광전 건치는 광전연합에 소속돼 건강사회를 위한 약사회 광주전남지부(이하 광전건약)와 함께 직역단체로서 농민 건강상담, 의약품 지원 등의 활동과 광주시민으로서 농활, 통일 쌀 한 평 가꾸기 등 활발한 활동을 펼쳐왔다.

별에서 온 그대, 광전 건치

"당시 광전연합은 노동, 농민운동 중심이었다. 그런데 소위 전문가 그룹에서 사회변혁 운동에 동참한다는 것 자체가 '쇼킹'한 일이었다"

광전 건치의 첫인상은 어땠냐는 물음에 장화동 선생이 던진 첫 마디였다. 그는 광전연합에 광전 건치 회원들이 참여의 의의에 대해 높은 평가를 매겼다.

"87항쟁이 성공할 수 있었던 이유 중에 하나가 소위 넥타이 부대의 참여였다. 그런 흐름을 타고 그때까지 해 오던 대중운동이 상당한 성과로 드러나긴 했지만, 구체적인 조직으로 엮어져 일상적으로 민주, 통일, 생존권 투쟁 등의 연대활동을 하는 곳은 광주지역에선 건치가 '유일'했다. 건치의 참여는 당시 광주지역 활동가들이 전문가 집단과 연대할 수 있고, 우리의 투쟁이 엘리트들도 동의하는 활동이란 자부심을 심어 줬었다. 함께 한다는 그 형식면에서도 중요했음은 물론이다"

광전연합 활동은 물론 10여 년간 광전 건치 총회에 참석하기도 하면서 광전 건치 회원들과 우애를 다지기 위해 노력했다. 그럼에도 "건치는 건치끼리만 모이려 한다"며 아쉬운 마음을 전하기도 했다.

"학생운동 경험이 없는 회원들이 특히 다른 단체 사람들과 어울리는 것을 아주 힘들어 했던 것 같다. 그런데 건치 내부 이야기를 들어보면 그렇게 신나고 즐거울 수가 없었다. 내부의 구심력이 다른 곳까지 확산하는 데 약간의 어려움이 있는 것 같다"

광전 건치의 이런 낯가림(!)을 뒤로하고, 기억에 남는 에피소드나 인물에 대해서는 "건치 하면 '정태환 원장'이 떠오른다"고 밝혔다. 참고로 정태환 원장은 건치 제23기 공동대표, 1998년에는 광전 건치 공동대표를 역임했다.

"다른 훌륭한 광전 건치 회원들도 많고, 그분들에겐 결례일 수도 있지만, 정태환 원장이 광전 건치의 상징적 인물이라고 생각한다. 광전 건치 초기 멤버로 내부를 견고하게 세우려 했을 뿐 아니라 지역사회와의 관계성을 중시해, 광주지역 여러 단체에 긍정적 영향을 끼쳤다"

"안타깝게도 광주지역의 많은 대중 단체의 간부, 초창기 멤버들이 대표라든지 일정 자기 역할이 끝나면 자의 반 타의 반으로 활동하지 않게 되는 경우가 많음에도 정태환 원장은 그런 외부의 변화나, 직책의 유무를 떠나 큰 굴곡 없이 광전 건치 대표로, 회원으로, 치과의사로 자기 동력을 가지고 활동해온 인물이다"

또 광전 건치는 광주지역 어떤 단체보다 지역에서 벌어지는 활동에 두드러지게 참여해 왔다. 연합 활동 이외에도 광전 건치는 독자적으로 보건의료 관련 사업을 펼쳐왔다.

"건치 활동 하면 떠오르는 것은 '수돗물불소화 사업(이하 수불사업)'이다. 처음에 그 사업을 한다고 했을 때는 어떻게 보면 치과의사라는 자신들의 생계와 직결된, 장기적으로는 방해될 수 있는 것을 한다고 생각했었다"

"그러나 나 역시도 수불사업 관련해 토론회 등에 참석하면서 느낀 건 광전 건치가 단기간의 성과에 급급해 하지 않는다는 것이었다. 4년, 5년 치열하게 토론하고, 홍보하고, 도전하는 걸 보면서 감동했다.

광전 건치는 '건강사회를 위한'이란 이름에 걸맞게 우리 사회를 건강하게, 한 단계 발전시키는 데 기여할 수 있는 자신들의 역할을 찾기 위해 노력하는 단체다. 그게 광전 건치의 저력이라고 생각한다"

수불사업이 건치 조직 전체에서 차지하는 중요성은 대단히 높다. 광전 건치는 수불사업을 성사시키기 위해 백방으로 노력했음을 알 수 있었다. 비록 수불사업은 지자체와의 문제로 답보상태에 있지만, 보건의료인이 지역사회의 보편적 건강권 확충을 위해 두 발 벗고 나서는 단체라는 인식을 광주 지역사회 내에 인식시켰다는 다른 의미의 성과도 있었다.

이제는 '건강권'이라는 큰 담론을 말할 때

"광주 지역에서 보건의료 하면 광전 건치를 뺄 수 없다."

장화동 선생이 광전 건치에 거는 기대는 남달라 보였다. 광전 건치 내부에서도 물론 '의료민영화' 이슈에 대응하고, 또 스터디 등도 이뤄지고 있지만, 장 선생이 제시한 것은 조금은 다른 부분이었다.

▲ 장화동 선생

그는 헌법 제10조와 제34조를 들면서 "국민은 인간으로서 행복을 추구할 권리, 인간다운 생활을 할 권리를 갖는다"라며 "이에 바탕이 되는 것은 아프면 치료받고, 건강할 권리"라고 말했다.

"문제는 개인의 경제적 상황, 정보 접근성 등에 따라 건강할 수 있는 권리가 제한되는 게 잘못됐다고 생각한다. 건강권은 일반적이고 보편적 권리임에도 현재 우리나라의 건강보험 수준은 헌법의 궁극적인 수준에는 미치지 못한다. 그것을 인식하지 못하는 것도 문제다"

"'건강이 제일'이라면서도 실제 인식은 낮다. 현재 우리나라 국가 수준을 보면 충분히 지금의 의료체계의 모순을 깰 수 있는데 정작 국민의 복지와 인간다운 생활을 책임져야 하는 국가는 나서지 않는다. 보건의료인과 같은 개별 주체들이 나서야만 한다"

"건강의 문제를 개인의 문제라고 치부해 버리는 사회적 인식을 이해할 수 없다. 그리고 보건의료운동의 수준이 1980년대 거기서 멈춰 있는 것 같아 안타깝다"

"광주지역에서 보건의료운동에 몸 바칠 각오가 돼 있는 광전 건치, 건약에 기대가 크다. 누구나 건강할 권리, 아프면 치료받을 수 있는 권리가 일반적이고 보편적 권리라는 사회 구성원들의 인식을 바꾸는 일에 광전 건치가 앞장섰으면 한다. 그것이 보건의료인의 역할이라고 생각 한다."

"새로운 건치의 '틀'을 고민해야 할 때"

광전 건치의 미래를 논하다

안은선

광전건치는 지부의 과거−현재−미래에 대한 회원들의 솔직한 이야기를 듣기위한 자리를 마련했다.

이금호 공동대표의 사회로 진행된 이번 간담회에는 정태환·정성국·우승관 전 대표들과 10여 명의 광전 건치 회원들이 한자리에 모였다.

구강보건 통한 '건강한' 광주사회 만들기가 목표 돼야

이금호 지금까지 건치에서 오랜 시간 활동해 오셨는데, 지금까지의 광전 건치의 활동을 자평해 보신다면?

정태환 지금까지 성과에 관해 얘기해 보자면, 건치는 어디 내놔도 괜찮은 조직이고 성과 역시 그러하다. 모두가 각자 주어진 자리에서 열심히 해 준 덕분이라고 생각한다.

문제에 관해 얘기하자면 건치가 가진 고민, 사업 내용이 10년 전이나 지금이나 변화가 없다는 것이다. 주어진 일들만 어떻게든 해 온 것이다. 큰 그림을 그리면서 지역 내 역할을 고민하거나 찾아본 게 없다는 것이다. 문제의식만 가졌지 실천하지 않은 것이다.

우승관 광주 전남이라는 지역이 중심이 된 지부이기에, 무엇보다 학생 때부터의 꾸준한 인연들을 바탕으로 발전해 왔다. 그 중심에는 87항쟁, 이후 1990년대의 활발한 활동으로 이어졌다. 그런데 어느 순간부터 그것이 단절됐는데, 그것은 건치가 다양성과 대중성을 추구하면서 생긴 자연스러운 것이란 생각이 든다.

이전의 인연도 상당히 중요하지만, 앞으로 어떻게 나갈 것인가도 중요하다. 현재 진행 중인 사업이나 (총회 자료집에) 발전방향 등을 보면 사실 그 모든 고민들이 한 해 두 해 이어진 것이 아니라 꽤 오래된 고민들이다. 이는 반대로 생각하면 건치가 시대에 맞게끔 변화하지 못하고 있다는 것이다. 광전 건치가 끈끈한 인연을 바탕으로 가고 있지만, 변화에는 좀 둔감한 것이 아닌가 생각한다.

이금호 문제에 대해 조금 더 자세하게 나눠 본다면 어떤 것들이 있을까? 그리고 그 문제를 바탕으로 어떤 방향으로 변화해야 하는지 얘기해 봤으면 좋겠다.

우승관 진료봉사를 예로 들면, 과연 그것이 건치의 대중성에 대해 얼마만큼 기여하고 있는가 물어야 한다. 이주노동자진료만 봐도 계속 벅차하면서도 그것을 계속 끌고 가는 게 보이고, 틔움과 키움 사업도 초기엔 그렇지 않았는데 현재 진행 과정을 보면 진료봉사 수준에 멈춰 있다. 예전 건치가 전체 진보운동 내에서의 위치를 상당히 중요시했다면, 이제 건치는 사회 진보에 어느 정도, 어떻게 기여할 것인가를 고민해야 할 시기라고 생각한다.

광전 건치가 지역사회에서 어떤 역할을 할 것인가, 지역에서 구강보건과 건강한 광주사회를 만드는 데 우리가 뭘 할 것인가에 초점을 둬야 한다. 그러려면 상근역량의 강화가 필수적으로 따라와야 한다. 예를 들면 선광학교 봉사의 경우 몇 년 지나다 보니 치료해야 할 사람이 자연스럽게 줄어들었다. 그러면 진료봉사 끝인가? 아니다. 이를 토대로 진료 통계를 내고, 지역의 의제로 만들어야 한다. 뭔가 정책적으로 만들어 낼 수 있으려면 상근역량이 강화돼야 한다.

정태환 사실 돌아보면 건치회관건립사업이 엎어진 게 많이 아쉽다. 다른 시민단체들 보면 임대료 문제 등등으로 활동공간이 없어지는 경우도 많다. 만일 건치가 회관건립을 했더라면 지금은 어떤 모습일까 상상해봤다. 지금과는 (사업의) 내용과 질이 충분히 달라졌을 것 같다. 인제 와서 다시 짓

▲ 정태환 회원

자는 게 아니라, 이제 건치는 회원 수가 느는, 성장하는 단계가 아니라 기존 인력을 가지고 어떻게 조직을 효율적으로 운영해 나갈 것인가를 고민하면서, 전망을 다져낼 것인가 고민해야 할 단계이다.

한 가지 제안하자면, 광전지역에서 광전 건치가 주축이 돼 '공공치과병원'을 세우는 것이다. 바로 우리가 말로만 주장하던 공공의료의 전형을 만들어 내는 도전을 해야 한다고 생각한다.

무모한 것이 아니라, 기존 조직과 은퇴를 앞둔 선배들을 활용해 그림만 잘 그려낸다면 가능하리라 본다. 오랫동안 건치를 지켜온 선배들이라면 건치의 가치를 어떻게 남기고 전파할까 생각하고 의의만 있다면 동참할 거로 생각한다.

성숙기 접어든 광전 건치 다음세대 위한 '판' 열어줄 때

정성국 장기적인 전망에 대해 생각하지 못하고, 우리 스스로 안주하고 있는 게 문제라고 생각한다. 우리가 고민해야 할 큰 틀은 지역사회의 미래와 치과계의 미래에 대해 같이 고민하고 해결책을 찾는 데 있다.

▲ 김기현 회원

지역사회는 진료사업, 연대 사업을 통해 연구하고 고민해야 하는데 그렇지 못하고 거기에 특히, 치과의사 사회에 대한 고민은 더더욱 안 하고 있다. 신규 치과의사들의 경우 개원환경이 매우 좋지 않다. 그에 대해 함께 고민해야 함에도 일상적으로 우리 조직을 유지해 나가기 위한 부분에만 골몰하고 있는 게 문제다.

김기현 조직도 유기체라고 생각한다. 그렇게 보면 건치가 어느 단계에 와 있는가 생각해 봐야 한다. 건치는 성장기를 넘어 이제 성숙해야 하는 시점에 온 것 같다. 지금까지 잘 해왔다. 그런데 이제는 새로운 사업, 새로운 사업방식, 새로운 사람, 새로운 사고방식, 즉 '건치 2세대'에게 우리가 무엇을 물려줘야 할지 생각할 시점이란 거다. 다음 세대를 위한 '판'을 만들어야 한다. 그것이 선배로서의 가장 큰 책임이라고 생각한다.

처음 건치의 정체성이 흔들리지 않도록

이금호 건치가 앞으로 가져야 할 지향이나 가치가 있다면 무엇이라고 생각하는가?

우승관 이전에도 그랬고 지금도 여전히 '민주주의'란 가치가 유효하다고 생각한다. 최근 경제 전망이나 현실을 짚어보면, 중산층은 사라지고 최하층 부분의 비율이 높아진다고 한다. 양극화가 점점 심해지면 그것은 결국 건강불평등으로 직결되기 때문

▲ 우승관 회원

에 여전히 민주주의란 가치는 유효하며, 더 중요해질 것이고, 더 추구해야 할 것이다.

그렇다면 이 사회의 안전망인 건강, 구강보건을 우리는 어떻게 만들어나가고 지킬 것인가, 건치라면 어떻게 할 것인가 고민해야 한다. 이를 위한 정책적 대안, 이슈를 만들어 내는 브레인 집단을 지향해야 하지 않을까 하는 생각이 든다.

명신재 지금 광전 건치의 다양한 문제나, 부서 간의 사업도 중요하지만, 무엇보다 건치가 하나의 방향으로 진행할 수 있는 사업이 있었으면 좋겠다. 그리고 치과의사 사회에 새로운 헤게모니를 줄 수 있는, 새로운 역량을 가질 수 있도록 치협에 진출하는 것도 고려해 볼만하다고 생각한다.

양민철 신입 회원 문제는 안달 낸다고 될 일이 아니라고 생각한다. 새로운 것을 찾는 것도 중요하지만 계속 건치의 정신, '건강', '민주주의' 가치를 지켜내야 한다고 생각한다. 지금 우리의 사업이 캘린더처럼 반복되는 것만 있어 보이지만, 사실 집행부 입장에서 보면 이것도 버겁다. 그래도 이것 자체도, 잘 버텨내고 나가는 것도 의미가 있다고 생각한다.

이금호 지난번 광전연합 장화동 전집행위원장과 인터뷰할 때, 그는 헌법에 명시된 '건강권'이란 것이 국가가 국민에게 당연히 제공해야 하는 것, 즉 권리라고 말했다. 그러면서 이를 지역사회에 전파하는 역할의 선봉에 건치가 나서야 한다는 제안을 했다. 이에 대해 어떻게 생각하는가?

우승관 아까도 말했지만, 건강 문제는 결국 민주주의의 문제다. 과거 인의협, 건약 등과 연대활동에 열심을 쏟았다. 그러나 실제 활동 등에서 같이 논의할 기회나 의제가 현실적으로 부족하고, 수동적이었다. 그게 나쁘다는 것이 아니라, 단순히 의료민영화 반대 외치는 것도 중요하지만, 공공의료의 장점, 구체적인 내용을 보여주는 방식을 추구해야 할 때라고 생각한다.

김기현 지금 문제의식을 느끼는 이유는 다름 아닌 건치를 처음 만들었을 때 추구한 가치, 거대 담론이었던 민주주의의 추구라는 그 정체성을 담보하지 못하고 있다는 불안감이란 생각이 든다.

정태환 저는 좀 다르게 생각하는 게 있다. 건치 구성원들이 고민해야

하는 것은, 구체적인 활동목표는 건치는 아니다. 건치 활동 이후의 활동에 대해 생각해 봐야 한다. 우리가 언제까지 건치 실무 일만을 할 수도 없다. 그리고 건치는 부문 운동이기 때문에 보건의료 분야는 당연하고, 개인으로 돌아와서 지역사회에서 뭘 할 것인가를 고민해야 한다고 생각한다.

회원 개개인으로 보면, 실질적인 개인의 가치 실현은 결국 지역사회에서 이뤄지고 그런 것들이 건치 활동과 함께 맞물려 돌아갈 때 조직적인 성취, 개인으로서의 운동과 삶의 성취가 이뤄지는 게 아닌가 생각한다. 건치 정체성의 고민과 함께 개인의 정체성에 대한 고민까지도 같이 이뤄졌으면 한다.

밖에서 보면 건치는 친정 같은 곳이다. 건치라는 제대로 자리 잡은 조직을 토대로 개인이 각각 다양한 분야에서 건치적 마인드를 가지고 실현했으면 한다.

▲ 이금호 공동대표

이금호 개인의 실현이 꼭 지역은 아닐 수도 있다. 개인마다 추구하는 가치가 다르기 때문이다. 아무튼, 어떤 분야가 됐든 자신의 능력을 펼치고 싶어 하는 분야에서 잘 활약할 수 있는 양분을 주고, 관계를 맺고 시작하는 곳이 건치였으면 한다.

치과계 내부 문제에도 관심 가져야

정성국 지금 우리 사회가 격차가 너무 큰 것이 문제다. 우리 치과의사 사회도 내부적으로 그렇다. 실제로 기존 치과의사들은 기득권층이지만, 신규 개원의들에게는 현실이 녹록지 않은 것이 사실이다.

이런 격차를 해소하기 위한 노력이 사회적으로 이뤄지면 가장 이상적이겠

▲ 정성국 회원

지만, 우리 내부에서도 이런 격차를 해소하기 위한 노력이 필요하지 않을까 생각한다. 건치 내에서 신규 개원의들을 위한 모범 사례를 만드는 것도 하나의 방법이라고 생각한다. 일전에 나눔치과 사례도 있고… 이상적인 가치에 대한 논의도 좋지만, 우리가 단기적으로 해결해야 할 부분에 관해서도 이야기하면서 신규 치과의사들의 고민을 가까이서 들어보는 간담회를 제안한다. 서로 이야기하는 그것만으로도 우리 내부에서의 활로를 찾을 수 있지 않을까 생각한다.

정태환 정성국 선생님 의견에 동의한다. 신규 개원의들을 위한 건치의 모델을 만드는 일이나, 은퇴하는 선배 치과를 물려받는 것 등 여러 가지를 고민하고 시도해 볼 수 있을 것이다. 향후 건치가 관심을 가져야 할 분야라고 생각한다.

하정길 벌써 건치에 들어온 지 10년이 됐다. 보통 신규 회원들은 전남대나 조선대 졸업생들이 선후배 관계를 통해 들어왔는데, 치전원 제가 되면서 그런 것이 없어졌다. 정성국 선생님이 말씀하신 것처럼 학교, 공보의 쪽으로 사업역량을 강화해서 지속해서 건치에 관심을 두도록 해야 할 것이다.

체질개선으로 세대교체 이뤄져야

우승관 세대교체가 우선 이뤄져야 하는데, 그 방식은 체질개선의 방식으로 돼야 한다고 생각한다. 자기 진단을 하지 않은 조직들은 무너지게 돼 있다. 실질적 변화를 우리 스스로 이끌어 내야 한다. 그래야 지금과는 다른 건치의 모습을 기대할 수 있을 것이다. 그렇지 못하면 지금 이 사람들 그대로 10년 뒤에도 그대로 있을 것이다.

이런 고민들은 상당히 의미 있고, 다른 지부에서도 하고 있을 것이다. 사회는 계속 변해왔지만, 건치가 필요한 이유가 계속 있었고, 10년 뒤에도 있을 것이기에, 그런 건치를 이끌어 갈 사람들도 있을 것이다.

"순천·여수·광양에서 유의미한 단체 되길"

지역에서도 찾아주는 동부지회, "서로 의지하고 힘을 받는 건치 모임"

안은선

동부지회는 건치지부 중 유일한 지회로, 원래 여수, 순천, 광양 출신 광전 건치 회원들이 1990년대 들어서면서 시작한 소모임이 지회로 발전하게 된 것.

특히, 여수지역 수돗물불소농도조정사업(이하 수불사업) 시행 추진, 여천지역 나환자촌인 애양원 무료치과진료사업, 동부지역 개원의들을 위한 공개 학술강좌 등 동부지역만의 독립적인 사업의 필요성이 제기되면서 본격적으로 지회 설립을 추진, 1995년 창립하게 됐다.

초대회장으로 이충섭 회원이 추대됐으며, 이어 2대 회장으로 백형모 회원, 3대 회장으로 오창주 회원, 4대 회장으로 최철용 회원, 5대 회

장으로 이재순 회원, 6대 회장으로 윤용식 회원, 7대 회장으로 정형태 회원, 8대 회장으로 오민제 회원이, 9대 회장으로 이윤호 회원이, 현재는 김용주 회원이 10대 회장으로 활약하고 있다.

여수, 순천, 광양에서 모인 스무 명 남짓의 회원들이 매월 둘째 주 금요일에 월례회를 가지면서 사업 경과도 나누고 친목도 다지면서 즐겁게 건치활동을 해나가고 있다.

"지역에서도 인정받는 건치인의 기획력"

동부지회는 그 탄생에서부터 알 수 있듯이 지역에 필요한 사업을 좀 더 효율적으로 수행하기 위해 광전 건치에서 떨어져 나온 지부다. 의료 사각지대를 메꾸고, 지역의 필요에 동참하기 위해 동부지회원들은 자연스럽게 시민단체 활동도 병행하게 됐다.

▲ 김용주 회원

김용주 회장은 "대부분 회원이 지역 시민단체에서 한 자리씩 하고 있다. 재밌게도 시민단체에서도 건치회원이 들어오길 바란다"며 "건치인의 특징인 뭐든 열심히 하고, 기획력 있게 조직을 운영한다는 것을 시민단체들도 알고 있는 것"이라고 자랑스럽게 말했다.

실제로 동부지회 설립의 촉발제가 됐던 여수 수불사업도 이충섭 초대회장과 오창주 회원이 순천시치과의사회와 함께 수불반대론자들과 만나 격론하고, 공무원들과 면담을 추진하면서 이뤄진 것이었다. 또한, 순천만 지키기 운동에도 순천지역환경운동연합과 연대해 참여키도 했다.

최철용 회원의 경우 환경운동연합 활동은 물론 민족문제 연구소, 순천언론협동조합에서도 활동하고 있다. 김용주 회장도 청년단체인 진보연대에서 사무국장까지 지낼 정도로 왕성히 활동해 오고 있다.

동부지회원들의 경우 시민단체 활동도 활동이지만, 통합진보당에서 당원으로도 활약을 많이 해 왔다. 2014년 12월 당이 해산한 이후에 정치에 대한 환멸, 무기력으로 지회 활동도 다소 침체기에 빠지는 듯했으나, 건치라는 오랜 시간을 함께 견뎌온 회원들 속에서 서로를 다독이며 할 수 있는 것들을 찾아가고 있다.

오민제 회원은 "건치는 숨을 쉬는 공간이다. 사실 통진당 해산 후 여러 활동을 내려놓은 상태인데, 동부지회에는 계속 얼굴을 비치면서 절반 정도라도 힘을 보태려고 하고 있다"고 솔직하게 말했다.

치의로서 지역과 사회 필요에 반응해야

동부지회는 동부지역 시민단체 활동이 침체일로를 걷는 데 반해서, 계속해서 동부지회만의 사업을 만들어 내는 데 힘을 기울이고 있다.

동부지회는 2016년 사업계획으로 ◇ '한국 현대사 11가지 질문'이란 주제로 인문학 강좌 ◇ 회원 모임 ◇ 공개 임상강좌로 황현식 교수의

Target tooth Movement ◇ 예방진료, 디지털 임상강좌 ◇ 지역 소외계층 대상으로 한 무료 보철사업 ◇ 광전 건치와 연합으로 고로쇠 가족모임, 체육대회, 캠핑 ◇ 여수 남초등학교 구강보건실에서 구강보건교육 및 전문가잇솔질 교습 등을 추진할 예정이다.

▲ 정태술 회원

정태술 회원은 고령화가 급속히 진행되는 지역 현실에 맞게 '치과 왕진진료'를 건치차원에서 추진해야 한다고 주장했다. 정 회원은 "노인요양시설에 치과의사가 촉탁의로 들어가게 되는 등 정책적인 변화가 있는 상황"이라고 언급하면서 "갈수록 신체조건 때문에 치과에 올 수 없는 노인들이 늘어날 것이고, 이에 대비해 건치가 먼저 모범적으로 준비할 필요가 있다"고 새로운 진료사업 발굴의 필요성을 제기했다.

이에 김병무 회원은 "10년 전 요양원 사업처럼 먼저 규모 있는 곳과 협약을 맺고 시범사업처럼 해 보는 것이 도움될 것"이라며 "현재 하는 장애인진료에서도 힌트를 얻어 그와 유사하게 왕진진료

시스템을 구상해 볼 수 있을 것"이라고 거들었다.

동부지회는 몇 년째 회원 수 동결(!)이라는 군소리를 하면서도, 소수 정예로 똘똘 뭉쳐 지역사회의 필요를 찾을 뿐 아니라 치과의사로서의 활동 반경도 고민하고 있었다.

"건치라는 이름 아래서 유의미한 일을 하길"

'집에서 유일하게 인정받는 모임', '치과의사로서, 치과의사 아닌 삶둘 모두를 지탱해 주는 곳', '스스로 책임감을 느끼고 활동하는 모임', '건치의 신념이 나의 신념이 됐다.' '형제 다음으로 형제 같은 친구들이 있는 곳'

동부지회원들이 생각하는 건치의 의미다. 이처럼 건치에 대해 많은 애정을 가진 동부지회원들이 생각하는 앞으로의 동부지회의 모습은 어떨까?

김용주 회장은 "예전에 치과의사전문의제 관련해 설명회에 참석한 적이 있었는데, 건치와는 전혀 관계가 없는 한 원장님이 건치 선생님이 제시한 내용을 보고서 '건치라면 믿을 수 있다'고 말씀하는 걸 보면서 내심 건치회원으로서 자부심을 느꼈다"며 "치과계 내에서도 은연중에 건치라는 조직 자체가 '꼭 필요한 말을 하는 곳'이란 이미지가 있는 것 같다. 그래서 우리 동부지회도 계속 모임을 유지해 나가고 생각을 모으는 것만으로도 건치라는 큰 이름 아래서 유의미한 일들을 할 수 있지 않을까 하는 생각을 한다"고 밝혔다.

주동욱 회원도 "모임이 유지된다는 것 자체가 힘을 발휘할 수 있는 밑바탕이 될 것"이라며 "회를 유지하기 위해서, 그러기 위해서 사람이 들어와야 한다. 신입 회원 모집을 위해 애써야겠다"고 각오를 다지기도 했다.

광전 건치 사무국장 서종환입니다.

일단, 기껏 4년째 일하고 있는 처지에서 광전 건치를 말하기가 쉽지는 않아서 내용을 정리하는 데에도 시간이 꽤 걸렸습니다.

저는 어디 가서 말하기 창피하지만, 우리 지역에서 나름 학생운동을 했습니다. 대학을 나와서도 사회운동을 해야 한다는 막연한 의무감에 곧바로 평화통일운동 단체에서 일하기도 했습니다. 이러저러한 이유로 오랫동안 하지는 못했지만, 지금도 건치 외에 가장 많은 시간을 할애해서 활동하고 있습니다. 이런 저에게 건치는 사회운동을 이어갈 수 있는 끈이기도 합니다. 비록 부문운동으로서의 한계는 분명히 있지만, 그 나름의 역할을 충실히 하고 있는 곳이기 때문입니다. 건치가 채워주지 못한 부분은 저처럼 각자 회원들 스스로 지역에서 활동하고 있기도 합니다.

다른 지역도 마찬가지겠지만 광전 건치는 앞서 말한 것처럼 회원들의 활동 폭이 굉장히 넓습니다. 마을사업에서부터 단체의 대표까지 맡은 회원들입니다. 특히나 치과의사들이 해당 분야가 아닌 분야의 시민운동단체에서 활동하는 것이 각 단체에는 큰 도움이 되는 것으로 생각됩니다. 단체 회원의 폭이 넓어지는 만큼 다양한 의견을 듣고 다양한 사업을 펼칠 수 있을 테니까요.

이와 반대로 건치는 결속력이 오히려 약해지는 느낌입니다. 회원들 간의 유대감과 건치에 대한 자부심이 높음에도 불구하고 폭이 넓어지다 보니 나타나는 자연스러운 현상으로 판단됩니다.

이에 따라 최근 몇 년간 광전 건치의 사업은 전체 회원들 대상보다는 세대별, 관심사별, 그리고 세대를 아우를 수 있는 사업들로 나뉘어서 진행되고 있습니다. 예를 들어서 가족 한마당은 어린아이들이 있는 회원들을 중심으로 프로그램을 준비하고, 인문학강좌나 골프모임 등은 그에 맞는 회원들이 참여할 수 있도록 준비를 했습니다. 그리고 체육대회나, 신년회, 총회는 전체 회원이 함께할 수 있는 프로그램으로 마련하고 있습니다. 어느새 회원의 폭이 넓어진 만큼 사업들도, 건치도 그것에 맞게 변해가고 있는 것으로 보입니다.

새로운 한해를 준비하면서 종종 앞으로의 건치를 그려봅니다. 단순히 누가 대표를 하고, 운영위원을 할까 하는 궁금증에 그치는 것이 아니라, 광전 건치는 어떠한 활동을 하고 있을까, 우리 지역에서 어느 정도의 역할을 하는 단체가 될까 하는 생각입니다.

활동의 방향과 위치는 바뀔 수도 있겠지만, 건치가 추구하는 내용의 완성도만큼은 더 단단해져 갔으면 하는 바람입니다. 보건의료운동단체이자 전문가단체만이 이야기할 수 있는, 보다 구체적이고 전문적인 내용을 알리고 이끌어 내었으면 합니다. 회원을 확대하는 것이 중요한 만큼 내용의 질적 수준을 높이는 것도 중요하다는 말입니다. 사무국장의 역량도 그에 맞춰 따라가야 할 것입니다.

어느덧 5년째가 되어갑니다. 이전보다 확연히 나태해졌음을 스스로가 느낌입니다. 다시 조여 매고 일어서야 하겠습니다. 감사합니다.

― 서종환

IMF 절망 속 고개 든 '저력의 울산건치'

단결력과 실천력으로 뭉친 울산건치를 돌아본다

윤은미

1987년 6월항쟁의 뜻을 이어 1989년 건치가 창립된 지 10여 년만인 1998년, 척박한 울산의 치과의료계에도 한 가닥 희망 줄을 만들 울산지부(이하 울산건치)가 드디어 일어섰다.

IMF가 한창 기승을 부리던 당시, 금융위기로 18%까지 치솟던 고금리 현상 등 경제적 공황상태의 여파는 산업화 도시였던 울산 역시 피해가지 않았다. 당시 30대 전후였던 울산건치 회원 다수 역시 개원에 대한 부담을 이고 살아가던 어려운 그 시절, 애초 5명의 회원이 변변한 사무실조차 없이 김대영 회원의 치과에서 토론하고 공부하며 무거운 역할에 대한 고민을 키워갔다.

 그 첫 번째 결실로 울산건치는 수돗물불소농도조정사업(이하 수불사업)을 추진했고, 당시 각 시민사회단체와 노동단체의 전폭적인 지지는 물론, 울산시 보건당국의 적극적인 참여를 얻어내면서 전국 최대 규모의 수불사업 진행을 이끌어 내기에 이르렀다. 이처럼 수불사업이 성공을 거두면서 논의와 열정만으로도 무언가를 이룰 수 있다는 희망으로 일어난 울산건치의 태동기는 지금까지도 지역사회에서 수많은 업적을 이룰 수 있는 근간이 돼 왔다.

태연재활원 무료 진료사업, 어울림복지재단 창립, 동구 보건소 무료진료사업, 남구보건소 장애인진료사업, 이주노동자 무료진료사업, 공부방 무료진료사업(틔움과 키움), 그리고 울산지역 시민사회단체와의 협력사업 등이 바로 울산건치가 희망과 열정으로 이뤄낸 결과물이다.

 건치신문은 치과계를 넘어 울산지역 전체의 소외계층과 고민을 함께 해 온 울산건치의 지난 17년 행적을 돌아보고, 지역사회에서 울산건치가 이끌고 있는 역할과 기대, 그리고 향후 10년의 비전을 들어보기 위해 세 번째 지부기획으로 울산건치를 조명한다.

"울산지부를 보면 놀라면서도 고마운 것이, 많은 회원이 참여하고 실천한다는 것입니다. 중앙운영위를 갈 때면 예상치도 못한 회원들이 울산을 대표해 회의에 참여하곤 했습니다. 그 끈끈한 유대감과 참여가 오늘의 울산지부를 이끌어온 원동력이 아닌가 합니다. 선배들이 솔선해서 모범을 보이고 후배들은 또 다른 도약을 보여주며 함께 만들어가는 과정이 보기 좋은 그림입니다"

- 건치 부산경남지부 드림

건치 '정체성 찾기' 고민 속 탄생

암울한 전두환 정권 시절에 지식인으로서는 최초로 '독재타도와 호헌철폐'를 선언하며 지식인 선언의 첫 장을 열었던 것이 부경건치였다. 이 선언이 기폭제가 돼 전국 치과의사들이 잇따라 동참하면서 건치가 만들어졌고, 인접한 울산건치 역시 그랬다.

그러나 사회 각계의 노력으로 민주화가 차근히 이뤄지면서 학생운동, 노동운동, 정치운동 등으로 세력을 확장해 온 건치는 정체성에 대한 고민을 이미 시작했고, 그 고민의 목적으로 '치과의사'라는 전문직이 사회에 기여할 수 있는 길을 찾으면서 고유의 정체성을 확보하고 생명력을 키울 전기를 마련했다. 울산건치의 탄생 배경 역시 이런 문제의식이 팽배해있던 1998년 당시와 맥을 같이 하고 있다.

당시 울산건치는 이런 정책 목표를 위한 첫 사업으로 수불사업을 추진해 성공을 거뒀으며, 이런 성과를 바탕으로 울산 지역 치과의사를 대상으로 회원 모집에 나섰다. 당시 울산지역 치과의사의 약 15%에 달하는 인원이 회원으로 참여하면서 울산건치는 든든한 첫걸음을 내딛었다.

"울산건치의 역사는 한국 현대사의 현장에서 살아 숨 쉬는 활동의 현장이었다"

– 울산건치 안재현 전 회장

지역사회 그늘마다 '건치'가 있었다

이후 울산건치는 태연재활원 진료팀을 꾸리면서부터 실질적인 조직화를 시작했다. 1999년에는 동구 보건소 영세민 및 장애인 진료를 시작하면서 관내 노인, 영세민, 소년소녀가장 등을 대상으로 매주 일요일 진료를 시행했으며, 2006년 관할 보건소에 치과의사가 배치될 때까지 활동을 이어갔다. 2000년에는 남구보건소 장애인 진료를 시작했는데, 이 또한 울산시치과의사회의 주최로 진행됐으나 실상은 울산건치가 주축을 맡았다.

2006년에는 장애아동 50여 명이 생활하는 메아리 학교에서 진료소를 시작했다. 10회 이

상에 걸쳐 진료가 끝날 수 있다는 말에 대부분 회원이 불가능을 짐작하기도 했지만, 역시 반대하는 회원은 없었고 사업이 시작됐다. 이러한 소진료 사업 역시 울산건치에서 시작돼 지역치과의사의 참여로 지속하는 성과를 낳았다.

2007년 봄에는 1218이주노동자지원센터와의 협력사업으로 이주노동자진료센터가 시작됐다. 울산건치 회원 20여 명이 동참한 이주노동자진료센터에는 관내 대학 치위생과의 인력 지원을 받으며 지속해왔으며, 울산건치는 이주노동자들이 차별 없이 사회 구성원의 권리를 주장하는데 목소리를 보태왔다.

"노동운동밖에 존재하지 않은 척박한 울산 땅에서 건치 선생들은 보건의료, 사회복지, 환경 등 여러 문제에 대해 몸과 마음으로, 그리고 든든한 재정 지원으로 바쁘게 살아오셨습니다"

– 건약 김현주 전 회장

지역사회와 건치의 연결고리 '1인2운동'

울산건치는 이처럼 장애인, 외국인노동자, 저소득층 등 지역 소외계층에 대한 치과진료 지원체계를 구축하는 와중에도 회원들은 사회민주화에 대한 지원과 연대를 게을리하지 않았다. 울산시민연대의 전신 중 하나였던 참여자치연대의 창립 역시 건치 멤버와 시민활동가가 주축이 돼 만들었으며, 이는 울산 시민운동의 줄기를 만드는 시작이기도 했다.

　또 소외당하는 장애인들과의 연대를 위해 건치의 일부 멤버들이 어울림 재단을 만들면서 건치의 사회적 참여는 그 폭을 넓혔고, 울산경실련과 환경운동연합에 각 회원이 참여해 튼튼한 버팀목 역할을 하기도 했다.

　현재까지 울산건치는 대외사업부를 통해 지역사회와의 연결고리를 더욱 견고히 하고 있다. 건강연대와 함께 울산지역의 공공병원 설립을 촉구하고 현대자동차 비정규직 등의 상시 농성을 지원하는가 하면, 쌍용차 해고노동자 사태, 강정마을, 용산참사 대책위원회 등의 사회 현안에 있어 전국적인 활동을 펼치고 있다.

　"울산지역에서 진행됐던 각종 연대사업에 지역보건의료단체의 일원으로 울산건치의 이름이 함께 하고 있음을 기억합니다. 항상 감사합니다"

- 울산시민연대 김태근 전 공동사무처장

지역 치과계의 '킹메이커' 울산건치

울산건치의 이러한 활동 역량은 지역치과의사회와도 우호적인 관계를 구축하며 인정을 받고 있다. 이를 통해 각종 진료소 활동에 있어 지역치과의사회와 적극적인 공조를 이뤄내기도 하고, 아동주치의제 사업인 틔움과 키움, 현재 답보상태에 있는 수불사업의 추진 등에 중지를 모으기도 했다.

또한, 울산시치과의사회의 직선제 시행 이후, 박태근·남상범 회원이 전·현직 울산지부 회장을 맡으며 울산건치와의 협력 관계를 구축해 왔다.

이제 울산건치는 의료영리화, 협회장 선거제도, 전문의제도 등 치과계의 굵직한 현안에 대해서도, 가치와 명분을 제시하며 곧은 목소리를 낼 수 있는 저력을 갖추고 있다.

한국 현대사의 격변 속에 태동한 울산건치가 가치 실현과 행보가 기대되는 건치지부로 떠오르고 있다.

"같은 직업 동료를 내 편으로 만든다는 것은 세련된 계획 없이는 무척 어려운 일입니다. 나의 처지보다 그들의 처지를 듣고 나서 소통해야 하는 것…(중략) 힘든 때였음에도 불구하고 건치를 결성하고 모범적인 활동을 하는 울산건치 회원님께 진심으로 고마움을 전합니다. 양지와 그늘이 되는 건치를 위해 세련된 각오를 함께 다져봅시다"

- 건치 송필경 전 공동대표

"끈끈한 울산건치가 있어 든든하다"

윤은미

미니인터뷰 울산건치 이충엽 초대회장

"울산건치를 창립하느라 회장감을 물색할 때, 나는 그야말로 무(無) 순위였다. 비운동권에 건치가 뭔지도 몰랐으니까. 그런데 어쩌다 내게 초대회장직이라는 제의가 왔고, 후배에게 술 한 잔 얻어먹고 그만 넘어가 버린 거다. '아이고 큰일 났구나!' 싶었다"

건치신문 지부기획 특집을 위해 방문한 울산에서 울산건치 초대회장을 맡았던 이충엽 원장을 만났다.

해마다 총회 취재로 울산건치를 방문할 때면 손을 들어 꼭 한마디씩 하던 초대회장이라 당연히 참석할 줄 알았는데, 이날은 보이지 않았다. 시간도 늦었으니 못 뵙고 가겠거니 생각했는데, 문자 한 통에 30분도 되지 않아 나타난 초대회장은 울산건치를 시작하던 당시를 이렇게 회상했다.

그러면서도 그는 "부산, 경북, 서울 등 각지에서 모여 울산건치를 만들었지

▲ 이충엽 초대회장

만, 어느 지부 못지않게 끈끈한 지부"라고 울산건치를 소개했다.

또 그는 "1988년에 학교를 졸업하고 건치가 뭔지도 모르고 살았다"면서 "울산에서 경실련 활동을 하면서 인연이 돼 회장까지 맡게 됐는데, 예상외로 울산건치는 꽤 합리적인 조직이었다"고 말했다.

이런 탓에 울산건치가 지역치과의사회에서도 가장 높은 정책실현성을 가진 조직으로 손꼽힌다는 게 그의 해석이다. 그는 "울산건치 회원들이 지역치과의사회에서 많은 활동을 하고 있는데, 되도록 싸우는 대신 건치의 가치를 설득하고 우리 의견을 받아들이도록 노력하고 있다"면서 융화의 비결을 전했다.

초대회장을 맡아 가장 어려웠던 시기를 묻자 가장 어려운 순간을 가장 보람된 순간으로 기억하고 있었다고 답했다. 이충엽 회장은 "조직이 정기적인 사업을 구상하고 안정을 찾을 때쯤 매너리즘과 같은 시기를 맞은 적이 있는데, 그때 우리의 인식을 같이하기 위한 교육도 하고 상근자도 뽑고 변화를 시도했다"면서 "그러한 노력 끝에 신규사업으로 진행했던 이주노동자진료센터가 지금은 가장 힘들었지만 보람된 사업으로 기억에 남는다"고 밝혔다.

끝으로 이충엽 원장은 그 당시의 기억을 들어 부탁의 메시지를 전했다. 그는 "회원 모두가 열심히 활동하는 반면에 지역에 대학이 없다 보니 나타나는 정체기 같은 게 있지만 요즘 젊은 회원들이 조금씩 들어오면서 변화의 조짐이 보인다"면서 "과거처럼 시절이 하수상해도 우리가 스스로의 모습에 만족할 수 있도록 끝까지 행동하는 울산건치가 되길 기대한다"고 당부했다.

지역사회 내 울산건치의 '가치 실현'

시민사회·지역 치과계서 '융합의 아이콘'…울산건치의 오늘을 본다

《IMF 절망 속 고개 든 '저력의 울산건치'》를 통해 울산건치의 근간을 짚어본 데 이어 오늘날의 활약상을 소개한다.

지역사회 속의 건치와 건치 안의 지역사회의 의미를 알려주는 이번 기획은 울산건치의 가치와 존재의 의미를 돌이키는 소중한 시간이 됐다.

울산건치가 참여하고 있는 사업은 울산건치 단독으로 이루어지는 것이 단 하나도 없다. 모두가 지역사회와의 연대를 통해 이룬 성과이지만, 초창기 울산건치의 손을 거치지 않은 사업 또한 없다. 매 사업을 개시할 때마다 울산건치가 주도적인 역할을 맡아 정착시켰으며, 나아가 지역사회에서 해당 사업을 독립시키고 또 다른 신규 사업을 개진하는 방식의 선순환 구조를 구축해왔다.

그만큼 지역사회에서 울산건치가 차지하는 역할과 가치는 크게 자리해왔으며, 상호 간에 없어선 안 될 연대를 지속하고 있다. 이번 울산건치의 사업 소개에는 울산건강연대와 울산시민연대 대표를 맡은 박영규 감사가 인터뷰에 응했다.

울산 속의 '건치' 그리고 시민사회

울산건치는 지역에 국한된 문제뿐만 아니라 우리 사회 전반에 걸친

현안과 문제점을 끌어와 지역 단위에서 풀어내는 활동을 상시로 펼치고 있다. 이를 위해서는 연대단체와의 교류가 꾸준한데, 기본적으로 건강사회를 위한 약사회와 평등과 건강을 위한 의사회, 보건의료노조 등의 울산지부와 각 지역정당시민단체 등이 참여하는 울산건강연대 및 울산시민연대와의 활동이 대표적이다.

이를 통해 최근까지도 의료영리화 반대 및 공공병원 설립 투쟁을 이어오고 있으며, '건강보험 17조 국민에게' 등의 연대사업을 공론화시키는 역할을 맡아왔다. 이처럼 보건의료에 관한 주제 외에도 울산지역에서 이슈가 되고 있는 탈핵 사업에도 연대를 통해 앞장서고 있다.

척박한 울산의 든든한 후원자 '건치'

그 중에도 지역시민운동의 힘줄이 되고 있는 재정적인 지원을 빼놓을 수 없다. 건치는 창립 당시인 1997년 IMF 시절부터 사업의 재정적인 베이스를 채워왔다. 현재도 어울림복지재단과 노무현재단 울산지역위원회 등에서 회원 개개인이 적지 않은 후원을 지속하고 있는 실정. 이는 울산건치의 '1인2단체 운동'으로 확산하면서 건치 지부 중 크게 활성화된 곳으로 성장한 비결이 됐다.

울산건치를 이끄는 진료사업의 힘

그러나 누가 뭐래도 울산건치를 지금까지 단결시키며 키워온 근간은 각 소외계층을 위한 진료소 사업이다.

과거부터 현재까지 진행되고 있는 이주민진료센터와 장애인진료소, 태연학교 및 메아리학교 진료 사업, 혜인학교 진료 사업 등 대다수가 울산건치의 손에서 피어나 현재 지역 곳곳에서 활발히 진행 중이다.

실제로 진료소마다 '건치'의 이름은 내걸고 있지 않지만, 지금까지 운영 방향을 고민하고 움직이는 주된 인력은 건치 회원이다. 이는 진료소 운영은 물론 건치의 가치 역할을 지속하고, 조직을 단결하는 뿌리가 되고 있다. 잠시 울산건치 회무에 직접 동참하지 않더라도 곳곳에서 진행되는 진료소마다 회원이 속속 모여들고 있기 때문이다.

'지역 아동주치의' 확산의 길목으로

울산건치의 손을 거쳐 지자체 복지사업의 축을 이루게 된 '아동 주치의사업' 또한 그 성과가 크다.

이는 과거 울산건치가 참여했던 학교교육복지사업에서 시작돼 지금까지도 회원 연계 진료사업으로 맥을 이어오고 있다. 특히 울산건치는 지역아동센터와 지역치과를 연계하는 '틔움과 키움 사업'의 울산지역 확산을 위해 헌신을 다 해왔다. 현재는 북구와 동구지역에서 '아동주치의'란 타이틀로 지자체의 힘을 빌려 시행 중이며, 남구 지역까지 확산 조짐을 보이고 있다.

이외 지역에서도 울산건치 회원들이 개별적으로 지역아동센터와 연계해 진료사업을 지원하며 전체 확산을 도모하고 있다.

지역치과의사회와의 친화력이 곧 '정책실행력'

　울산건치는 타 지역과 비교하면 유난히 지역치과의사회와의 교류가 돈독하다. 이는 소속 직업집단과의 적절한 타협이 아닌 가치의 공유와 의견 견인으로 이어지고 있어 그 의미가 더욱 크다.

▲ 울산 지역시민운동의 힘줄이 되어준 울산건치 일동!!

남구장애인진료소, 장애아동들이 모인 태연학교와 청각장애인학교인 메아리학교 진료사업 등이 이미 울산건치를 시발점으로 울산시치과의사회 공식 사업으로 자리했다.

　또한, 울산건치는 그만큼 협회를 위한 회무 지원에도 아낌없이 나서고 있으며, 의료영리화 반대, 공공병원 설립 등에 지역 치과계의 의견을 견인하며 정책 실행력을 높이고 있어 귀추가 주목된다.

▲ 울산건치의 근간은 소외계층을 위한 진료사업

"치과의사운동에서 벗어나 '삶'이 될 것"

울산건치 "출발은 10년 늦었지만, 미래는 100년 더 길게 간다"

윤은미

울산건치의 마지막 기획은 조직의 미래를 전망하는 특집으로 마련했다.

울산건치는 가장 어려운 시기에 조직을 세운 저력으로 후발대임에도 여느 지부 못잖은 역량을 발휘해왔다. 그렇기에 타 지부에서도 울산건치가 이끌어 가는 방향과 힘에 관해 관심과 기대를 보내왔다.

"울산엔 대학도 없고, 사람도 많이 없는데… 가끔 신규 회원도 들어오는 거 같고, 사업도 많이 하고 참 신기해요. 비결이 뭐래요?"

건치 지부 총회가 한창인 연말쯤에 전국 지부를 돌다 보면 나오는

이야기이다. 물론, 울산건치에 푸릇푸릇한 청년 회원이 발은 들이는 일은 마찬가지로 드문 편이지만, 울산이라는 지역사회에서나 지역치과 의사회에서 무언가를 하고자 하는 의지를 갖춘 치과의사라면 울산건치를 지나칠 수 없는 분위기다. 그만큼 지역에서 울산건치가 차지하는 역량의 범위가 넓다는 뜻도 되지만, 그간 울산건치의 행적들이 구성원 다수에게 충분한 설득력과 명분을 심어줬다는 것이 핵심이다.

건치신문은 지난 기획에서 울산건치의 역사와 현황을 짚어 이러한 조직의 노하우를 가늠케 했다. 이번 미래 편에서는 '역사'부터 '현재'까지 여전히 현장을 바쁘게 뛰고 있는 인물들을 만나 앞으로의 비전에 대해 들어봤다.

울산건치의 미래를 논하는 자리에는 조용훈 회장을 비롯해 박영규·김병재 감사, 이주노동자위원회 이채택 위원장, 배석기·방경환 회원이 자리했다.

울산건치의 미래는 있다·없다(?)

"우리 울산건치의 미래는 방 선생이지!"

건치신문과의 지부기획에서 어쩌다 울산건치 역사의 산증인이 돼버린 회원들이 이구동성으로 방경환 회원을 찾았다. 가장 젊고 미래가 긴 회원에게 비전을 들어봐야 한다는 것. 방경환 회원이 손사래를 치며 "미래가 없다. 끝이다 끝"이라고 말했다.

방경환 미래는 모르겠지만, 나는 솔직히 그게 좋다. 여기 오면 위계나 질서 그런 게 없으니까. (눈치) 요즘 사실 치과의사를 떠나서 30대들 인생에 이런 모임이 없다. 조금만 위·아래가 생겨도 굉장히 권위적이고 그렇다. 거기서 대화하는 소재에 대해 나는 별로 공감 거리가 없기도 하다.

다른 한편으론 또 어떤 단체에 가입해서 한 달에 한두 번 나가고 하는 활동들 자체가 맥이 끊겼다. 소소한 동창회, 계모임 같은 것도 다 마찬가지. 어딜 가도 내 위로 10년이 더 많고, 이제 누가 새로 들어와도 내 밑으로 10년 차가 난다. 이게 건치만의 문제는 아니고, 요즘 문화인 것 같다.

배석기 예전에 우리가 개원할 땐 여유(?) 같은 게 있었지 않나. 그런데 지금은 아무래도 생존 자체가 힘들고 그렇다 보니 실체적인 문제를 벗어나서 다른 문제를 고민하자고 했을 때 조금은 안 통하는 것들이 있는 것 같다. 한 달에 두 번씩 운영위를 할 때 나와서 열변을 토하던 사람이 이제 점점 나올 수 없는 상황이 되고, 세대교체가 이뤄지면서 재생산이 돼야 하는데 이제 사람들은 그럴 여유가 없는 거다.

근데 그 흐름을 받아들여야 한다. 우리가 30대였던 때에는 지금 우리가 하는 일들이 보편적이고 타당한 일이었는데 지금은 아주 특별한 일이 됐으니까. 어쩌면 그래서 방 선생 같은 사람이 더 의미가 크다. 방 선생 같은 사람들이 있는 한 울산건치는 잘 될 거다.

"울산건치는 끝나도 끝난 게 아니다"

"우리가 언제까지 할 수 있을까"

우리 사회 각계 조직마다 가진 세대교체의 과제를 울산건치 역시 떠안고 있었다. 쉽게 '끝'이라는 단어로 시작된 이 날 간담회는 '새로운 방식의 시작'이라는 다른 의제를 낳았다. 새로운 것이라는 데 대한 강박을 버리고 '운동'에서 '생활'이자 '문화'로 다시 받아들이자는 것이다.

▲ 박영규 감사

박영규 2000년대 초반에 일본에 간 적이 있는데, 그때 70대 할아버지들이 길거리에서 발랄하게도 노래를 부르고 전단을 나눠주고 하는 모습을 보고 깜짝 놀란 적이 있다. 울산건치가 생겨나고 벌써 십수 년이 흘렀는데, 나는 우리 미래가 그럴 걸로 생각한다. 지금도 이렇게 노는 걸로 봐서는 뭐 그런 미래라면 문제 없다. 새로운 인물을 영입하는데 너무 강박을 가질 필요가 없다는 얘기다. 그 할아버지들처럼 뛰어다니면서 할 수 있는 일들이 또 있을 거다.

조용훈 맞다. 건치는 이게 가장 문제다. 이제 한 60세밖에 안 됐는데 벌써 원로라고 하고, 일선에서 손을 놓고 그러면 안 된다. 다른 지부는 잘 모르겠지만, 울산건치의 가장 큰 차이점이 바로 거기 있다. 지금도 봐라. 박영규 선생이 전직 회장이었는데, 지금은 감사하고 있고, 아직도 집행위에 나오고 진료소도 나가고 계속 일을 하지 않나. 울산건치는 끝나도 끝이 아니다.

박영규 건치 활동을 운동이라 생각지 말고 생활이라고 생각하면 이런 일이 자연스러워질 거다. 방 선생도 처음엔 건치 나오는 걸 어색해 하더니 이제 자연스럽지 않나. 20살씩 차이가 나지만 다 친구처럼 지낸다. 울산건치의 장점이기도 하고, 단점일 때도 있다. (웃음)

조용훈 나는 좋은 데 왜 그러나, 이번에 제주도 워크샵 갔을 때도 이희원 선생, 조기종 선생, 강신익 선생이 전부 같이 와서 아침에 밥도 사주고 커피도 사주고 환갑 넘은 연세에도 아직도 후배들의 시중을 들어야 하니 우리는 얼마나 좋은가.

"건치가 '건치'가 아닐 때 길이 보인다"

"원래 건치라는 것이 우리 사회를 건강하게 하려고 만들어진 조직이다. 그러니까 이 사회가 아프지 않고 건강해지면 건치는 자연히 사라져야 하는 조직이고, 건치가 사라지는 게 가장 좋은 것이다. 그런데 요즘 돌아가는 '꼬라지'로 봐서는 건치가 없어지긴 영 힘들지 싶다"

건치를 가장 좋아하는 사람들이 자발적으로 모여드는 곳. 가끔 귀찮을 때도 있고 쉬고 싶을 때도 있지만 결국 내가 아니어도 누군가가 해야 할 일들, 벌여놓은 그 일들 앞에 다시 나오게 된다고 했다. 이처럼 울산건치 안에서 사람이 모여드는 구심점 역할을 하는 진료소 사업이 있어 울산건치의 지속성에 관한 장래는 밝다.

배석기 주로 주말에 하는 진료소 사업에 나가기 싫을 때도 있다. 아니 사실 그럴 때 꽤 많다. "오늘은 가지 말까" 싶을 때쯤 결국 또 나가게 되는 거다. 이 일을 같이 만들어 온 사람들 봐서 나가는 거다. "이번 주는 가지 말까?" 싶어서 다들 한 번 쳐다보면 "네가 어떻게 안 나올 수 있냐?"하는 원망이 느껴진다. 그럼 또 문 열고 나가게 된다.

치과의사라는 전문직의 역할이 굉장히 두드러지게 잘할 수 있던 시기가 있었다. 그런데 지금은 그 전문성이 조금씩 흐려지고 있다. 근데 또 다르게 얘기하면 여러 분야별로 사람이 섞이기 시작한다는 거다. 울산건치의 현재 사업 중에서도 치과의사의 모습은 자꾸 옅어지고, 다른 인력들이 가세한다. 이제 건치도 '치과의사'라는 독립적인 미래를 논의하기엔 자꾸 역량이 줄어들 거다. 합쳐지고 같이 해야 할 수 있는 일들이 많아진 거다.

김병재 그렇다. '건치'라는 이름만 빼면 아직도 할 수 있는 일이 매우 많다. 사실 울산건치가 생겨난 결정적인 계기도 연대사업이 그 기틀이었다. 큰 틀에서 큰 제목을 걸고 하려면 건치가 할 수 있는 건 그

다지 없다. 울산건치는 그냥 회원 개
개인이 참가하는 활동들이 모여서 생
겨났다. 사회 속에서 울산건치가 어떤
역할을 할 뿐이고, 그걸 건치라는 이
름으로 한정 지을 필요는 없다는 얘
기다. 초창기에 우리 이름을 내걸고
벌리던 사업들이 이제 다 자리를 잡
아가면서 어쩌면 우리 활동이 쪼그라

▲ 김병재 감사

든 것처럼 느낄 수도 있다. 하지만 아니다. 실제로 울산건치 개개인
이 하는 활동 영역이 절대 작지 않다. 건치 이름을 내거는 일이 작
아질 뿐이다. 이렇게 해서 활동 범위가 넓어지고 역량이 커질 수 있
다면 "굳이 건치라는 이름을 넣을 필요가 있나" 싶다.

좀 더 거창하게 이야기하면 "인간에 대한 사랑이 기본이다"라는 거
다. 그걸 가지고 계속 활동을 해나가면 건치는 절대 쪼그라들지 않
는다.

'다양성'과 '꾸준함'이 무기인 서경건치

건치의 절반! 다양한 회원 높은 역량으로 지역사회와 연대하다

안은선

건치 서울·경기지부(이하 서경건치)는 건치의 근간이 된 청년치과의사회(이하 청치)의 서울·경기·인천 지회와

연세민주치과의사회(이하 민치)의 서울·경기·인천 사랑방 모임이 지금의 서경건치가 됐다.

1988년 11월부터 3차례에 걸친 통합논의, 1989년 3월부터 3차례에 걸쳐 지부 준비위원회가 결성됐고, 이어 4월 8일 청치·민치 통합 준비 수련회에서 의견조정을 거쳐 그 해 4월 9일 전국비주대표자회의에 보고해 인준을 받아 4월 26일 정식으로 서경건치가 출범했다.

초대 집행부는 이석우 회장, 손효현 부회장, 성열수 총무, 김동욱·김영철 교육연구부장, 백정훈·편집홍보부장, 김창집 진료부장으로 구성됐다.

1989년 7월 기준으로 서경건치지회는 강동지회, 강남지회, 관동지회, 강서지회, 북동지회, 북서지회, 경서지회, 경동지회, 경남지회, 수원지회, 공보의지회로 총 12개에 달했다. 이어 1993년과 1994년 사이에는 경기남부, 김포, 강화, 강동, 은평·서대문 지회 창립 등으로 지회가 17개까지 늘어났다.

아울러 '지회 활성화를 위한 워크샵'을 개최, 공동작업을 통해 지회 지침서를 완성해 배포하는 등 서경 회원을 지회단위로 포괄해 내기 위한 작업들도 성과를 거뒀다.

서경건치는 건치 전 회원의 절반을 차지하는 최다 규모다. 사람이 많은 만큼 중앙 사업 및 활동에 대한 연대와 지원역량을 갖추고 있었다. 그래서 건치 설립 초기부터 서경건치는 자신의 역할을 '중앙에 대한 보조적 역할'로 설정하고 조직화 사업에 힘써왔다.

다양한 회원, 다양한 사업

그리고 지역사업의 기반이 되는 지회활성화를 한 축으로 하고, 대중사업의 일환으로 문화국을 신설해 다양한 교실을 운영하는 두 개의 기본 사업을 가지로 잡고 사업을 펼쳤다.

"서경지부의 핵심 사업은 조직사업이며, 지회는 지부사업의 중심이다. 지회 내용을 다양화하여 많은 회원의 참여를 유도함으로써 대다수 회원을 지회로 모일 수 있게 해야 한다"

서경건치의 초기 사업은 다른 지부와 마찬가지로 소진료실을 중심으로 한 지역진료활동이 주를 이뤘으며, 지부내 8개 진료소의 진료 활동

및 지역 활동의 참여와 지원, 보건의료문제 및 건강권 확보를 위한 연구 성과를 도출하는 데 힘썼다.

건치중앙이 주도하는 수돗물불소화사업에도 연대해 진행했으며, 1992년 4월 불소용액양치사업단을 발족해 서울길동초등학교, 강화대월초등학교, 김포초등학교, 인천 공부방·탁아소 등에서 시범사업을 시작해 서경건치의 일상 사업으로 자리 잡았다.

또 환경운동연합·그린피스 등과 연대해 쓰레기 핵발전소와 핵무기, 병원 쓰레기 처리 등에 대한 세미나를 개최하기도 했으며, 이외에 대외사업으로 전교조진료후원, 장기수진료후원 사업, 쌀 등 기초농산물 수입개방저지를 위한 서울지역 대책위 참가 등을 수행하며 다양한 회원 수만큼 다방면에 걸친 활동을 전개해 왔다.

아울러 서경건치는 1기 시작과 동시에 강좌를 진행했다. 신규 치과의사들을 위한 개원교실·임상교실을 개최해 호응을 얻는가 하면, 교육, 공해, 통일, 국회의원 선거 문제 등을 기획해 진행했다. 매회 30명~50명의 회원이 참가해 성황리에 진행됐다.

또 매년 '건치여름한마당'을 열고 치과대학생들과 적극적으로 접촉해 건치를 알려 나가는 일에 힘썼다. 이를 통해 많은 학생이 졸업 후 입회하는 등의 성과가 있었다.

서경건치의 활동내용을 회원들에게 충분히 알리기 위해서 초기에는 '서경소식'을 비롯한 활자매체, 뉴스레터 등을 이용하다 최근에는 페이스북 등 SNS를 이용해 회원과의 소통을 위한 노력을 중점적으로 해 나가고 있다.

또한 '문화기획단'이란 이름으로 운동과 문화를 결합한 사업들도 꾸준히 진행되고 있다. 풍물교실, 영화 제작기법 배우기, 문화답사기행, 맛집 탐방 등의 사업을 통해 회원 간 친목 도모는 물론 자연스럽게 건치의 방향성에 대해 공유하는 자리로 꾸려진다.

서경건치의 역량 드러낸 '장애인 구강보건 사업'

'장애인 구강보건 사업'은 다양한 회원, 지회기반의 역량을 가진 서경건치에 딱 들어맞는 사업이었다. 서울 곳곳의 지회회원들이 지역의 소규모 장애인 시설을 발굴하고, 지역 인력들과 연결하고, 진료 봉사를 할 수 있는, 회원 역량을 십분 발휘한 사업이었다.

'장애인 구강보건 사업'은 1998년 8개 특수학교를 대상으로 시작했으며, 사업의 초석을 공고히 하기 위해 이 사업의 핵심을 '장애인', '지역', '진료'로 규정하고 다각도로 노력을 기울였다.

먼저 진료 사업적 측면에서는 '장애인 구강보건 학교'를 개최해, 건치회원 뿐 아니라 일반 치과의사, 치과위생사, 치과대학생들도 함께 참

여할 수 있는 구강 진료 봉사네트워크를 마련하고, 장애인 진료를 위한 기초 교육은 물론 장애인 의료복지 향

상을 위한 제도의 변화까지도 염두에 둬서 보건의료제도에 대한 교육도 시행했다.

또 관련 전문가들과 간담회를 하고 장애인 사업에 대한 방향성을 잡고 제도적 부분에 대한 논의를 통해 장애인들의 구강건강을 보다 효율적으로 관리할 수 있는 방편을 모색하는 데 주력했다.

특히, 2002년에는 매뉴얼 개발팀을 발족해 교육 및 관리를 진료에서 분리했다. 이는 자칫 치과의사에 의해 일방적인 진료활동으로만 흐르기 쉬운 내용을 구강건강·예방 관리를 중심으로 장애인을 포함하는 양방향의 참여와 활동구조를 마련하는 계기가 됐다. 그뿐만 아니라 통일된 검진표와 진료차트를 통해 장애인 구강건강 실태에 대한 데이터화, 통계적 가치를 높이는 일을 했다.

아울러 지역 사회복지 단체와의 연계를 중시했는데, 지역단체는 진료자원을 조정하고 관리할 수 있는 핵심 주체로 봤기 때문이다. 서경건치는 장애인의 이동 책임, 자원 활동가 양성, 교육관리의 통로, 진료의뢰시스템 구축, 진료비 확보 등 책임감을 느끼고 장애인 복지 시스템을 형성할 수 있도록 지원했다.

시작부터 철저하게 확장 방향성을 잡고 시작한 장애인 구강보건 사업은 이후 아동건강주치의 사업인 '틔움과 키움'으로 계승 발전됐다. 이외에도 쌍용차 해고노동자와 그 가족을 지원하는 '와락진료', (새)여성재단과 함께 저소득 여성 가장을 대상으로 한 진료사업을 꾸준히 펼쳐나가고 있다.

중앙 사업을 보조하며 외연을 확대하다

서경건치는 서울이라는 지리적 특성에 맞게 건치중앙과 연대한 사업을 진행했다. 서경건치만의 사업을 해야 한다는 내부의 요구도 있었지만, 전체 건치의 절반을 차지하는 만큼 중앙 사업 추진에서도 서경건치의 역할은 중요했다.

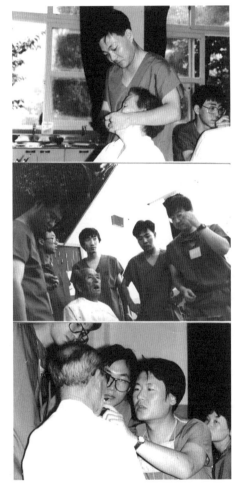

건치중앙의 주요사업인 불소용액양치사업을 지원하고, 서울, 과천, 성남, 안양시청을 방문해 수돗물불소화 사업을 촉구하고 민원서류를 넣는 등의 지원활동을 펼쳤다. 1994년 9월에는 '상수도수 불화를 바라는 광명·부천·시흥·인천 연대모임'을 결성해 지역 연대 차원의 상수도수 불화사업의 선례를 남겼으며, 연이어 10월에는 부천시민모임 결성과 시장면담, 인천의 불소화 촉구 시민모임 창립으로 이어지는 성과를 냈다.

2005년부터 서경건치는 건치중앙과 함께 가난한 이들의 건강권확보를 위한 연대회의에 참석해 인의협, 건강세상 네트워크와 함께 지역 내 빈곤층의 의료·복지 활성화를 위한 지역 네트워크 확대를 위한 논의와 실천을 진행했다.

또 서경건치 역시 다른 지부들과 마찬가지로 사회·정치적 이슈에 맞서 성명서를 발표하기도 하고 집회에 주도적으로 참석하는 등 목소리를 보태왔다.

미니인터뷰 서경건치 초대회장 이석우 원장

1987년 6월 항쟁 승리 후, '올바른 민중사회 건설'이라는 가치를 계속해서 지켜나가기 위해 연세대 치대 출신들이 주축이 된 결성한 연세민주치과의사회(이하 민치)와 서울대 치대 출신들이 중심인 청년치과의사회(이하 청치)가 뜻을 모아 결성한 것이 건치다. 민치와 청치 두 단체의 주 무대가 서울이었던 만큼

▲ 이석우 원장

두 단체의 결합은 자연스레 서경건치의 탄생으로 이어졌다.

서경건치의 초창기 모습은 어땠을까? 서경건치 초대회장을 지낸 이석우 원장(이석우 치과)을 만나봤다.

Q 어떻게 해서 서경건치 초대회장을 지내게 되셨나?

A 민치와 청치가 결합하면서, 먼저 활동을 시작한 민치에서 건치 대표를 하고, 청치는 서경지부를 맡자는 얘기가 나왔다. 그래서 건치 초대회장은 이문령 선생님이 그리고 서경건치는 얼떨결에 내가 맡게 됐다. (웃음) 역할을 나누긴 했지만, 활동에 있어 사실 서경건치와 중앙의 구분이 없어 거의 공동대표에 가까운 느낌이었다.

Q 그렇다면 초창기 서경건치의 주된 활동은 무엇이었나?

A 다른 지부들과 마찬가지로 '소진료소' 활동이었는데, 서경건치의 경우 '회원 조직' 사업이 다른 지부보다 좀 더 중요했던 것 같다. 사람을 모으는 게 가장 큰 이슈였다. 뜻을 같이하는 사람이 조직의 목적을 이루는 데 가장 필수요소가 아닌가? 노선은 달라도 '민주사회 구현'이라는 같은 목적을 가진 사람을 발굴하고, 이어주는 게 거의 모든 활동이었다고 해도 과언이 아니다. 그래서 서경건치가 결성되고 몇 년 사이에 서울·경기·인천지역까지 지회가 17개가 만들어졌다.

또 정치적 민주화뿐 아니라 치과계 내에서도 우리가 처음에 가졌던 목적을 이뤄나가야 한다고 생각했다. 그래서 더 많은 치과의사가 서경건치로 올 수 있도록 문턱을 낮추는 일을 했다. 가령 신규개원의를 위한 임상·개원 세미나를 여는가 하면, 풍물교실과 영화교실과 같은 문화사업에 힘을 쏟았다.

그리고 '건강한 사회'를 만들기 위해 치과의사라는 직업이 사회에 어떤 기여할 수 있는가에 대해서도 밤새 회의하고 토론했다. 또 환자 중심의 구강보건 정책을 모색하고 추동할 힘을 길러 치과계에 영향력을 줄 수 있는 그런 정체성에 대해 고민했었다. 이런 문화사업, 구강보건정책 연구를 통해 치과계내에서도 영향력 있는 목소리를 내는 단체로 만들어 가자는 목표를 세웠다. 역시나 사람을 모으고 연결하는 것이 주된 일이었다.

Q 서경건치 활동을 하면서 아쉬운 점이 있었다면?

A 사실 나는 중간에 생각이 바뀌어서 건치와 좀 멀어졌다. 변혁운동, 이념운동 보다는 개인적인 신앙생활에 집중하고 싶었다.

▲ 이석우 원장

서경건치가 안정을 하기 시작하면서 들어온 후배들 중에 열성적인 사람이 많았다. 대표적으로 이재용 선생, 전동균 선생 같은 분들이다. 그렇게 열성적이고 정열적으로 건치활동에 투신하면서 생을 밀고 나가는 것을 볼 때마다 끝까지 함께하지 못한, 빚진 느낌이 들었다. 지금도 마찬가지다. 그리고 당시 이슈가 반핵이었는데, 이를 크게 키우기 위한 노력이 중간에 흐지부지된 것이 아쉽다.

Q 바깥에서 지켜본 건치는 어떤 모습인가?

A 연극단(덴탈씨어터) 활동이라든지 치과계 여기저기 활동을 하다가 '저 친구 참 괜찮은데' 하고 보면, 건치회원인 경우가 태반이었다. 가깝게는 황지영 선생이 그랬다. (*참고로 황지영 선생은 건치 구강보건정

책연구회 회원이다)

몸은 (건치와) 멀어졌지만, 아직도 건치에서 공유했던 이념들이 참으로 인상 깊다. 말하자면 '인간답게 살아보자'는 것인데, 건치에서 그것을 가장 진실하게 추구했던 것 같다. 밤늦게까지 회의하고 술 마시고 치열하게 토론하면서 개인이 어떻게 살고 싶다, 치과의사로서 어떻게 살고 싶다의 중심엔 항상 '사람'에 대한 고민이 있었던 것 같다.

Q 마지막으로 후배들에게 한마디 한다면?

A 현재도 열심히 건치활동을 하는 후배들이 존경스럽다. 그리고 의료인이라면 누구나 '예방'이 의료의 가장 핵심인 걸 안다. 그러나 자본의 논리 아래에서 지극히 당연한 얘기를 설득해야만 하는 시대다. 초기부터 지금까지 일관되게 '건강한 사회'를 위한 고민을 해오고 있는 건치만이 치과의사 대중을 설득할 수 있다고 생각한다.

사진으로 보는 서경건치의 어제와 오늘

서경건치의 지나간 발자취를 짚어본다

안은선

▲ 지부 창립 후 첫 수련회

▲ (당시) 국민학교 내 불소용액 양치 실현을 위해 모였다. 건치 중앙의 사업이었으나 서경건치가 결합해 함께 사업을 진행했다.

▲ 지회 활성화를 위한 간담회, 서경건치는 1993년부터 1994년 조직국 사업의 목적으로 지회를 늘리기 위해 애썼으며 그 결과 인천지회를 비롯해 경기남부, 김포·강화, 강동, 은평, 서대문 지회가 창립됐다.

▲ 1993년 서경건치 인천지회 창립총회

▲ 1995년 산재추방의 달 보건의료단체 공동사업 진행

▲ 1998년 서울시 상수도 사업본부의 수돗물불소화 음해에 대한 대책 간담회

▲ 1999년 의료보험 통합연기 반대를 외치며 거리로 나온 건치인들

▲ 1999년 건치가족 하나 되는 가을 운동회 개최

▲ 2000년 서경건치의 역량을 발휘하고 더욱 키울 수 있었던 장애우 구강보건 사업. 서경건치는 장애우 구강보건사업을 지역단체와 연계하고 체계를 잡는 일부터 장애인의 구강보건 관련 통계를 축적하고 분석하는 일도 했다.

▲ 2000년에는 건치가 축적하고 분석한 데이터를 바탕으로 장애인의 구강보건 정책을 논의하는 데 이르렀다.

▲ 서경건치 문화사업의 목적으로 진행된 정치강좌. 2000년 초대 연자는 故 노무현 대통령이었다. (당시엔 16대 총선 낙선 직후 야인시절이었다)

▲ 2001년 수돗물 불소화 사업 확대를 위해 거
리 홍보전을 펼치고 있다.

▲ 치아의 날 거리 행사. 건치가 주체가 돼 어린
이 연극, 거리 홍보, 다양한 이벤트를 진행했다.

▲ 치아의 날 거리 행사. 건치가 주체가 돼 어린이 연극, 거리 홍보, 다양한 이벤트를 진행했다.

▲ 2002년 서경지부·인천지부·대충지부 연합으
로 '건치 여름 한마당'을 진행했다.

▲ 서경건치와 협약을 체결하고 장애우 구강보건사
업을 진행해 온 단체와 연합으로 장애우들과 함
께 한강으로 함께 소풍을 나왔다.

▲ 2010년 서경건치 신입회원 환영회

▲ 2011년 서경티키 '틔움과 키움의 날 행사'

▲ 2011년 가난한 이들의 건강권 실현을 위한 연합 회의

▲ 2011년 문화기획단 모임

▲ 2012년 용산 참사 추모 촛불집회 참석

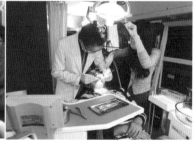
▲ 2011년부터 2012년까지 진행된 피난민진료소 봉사

▲ 2012년 평택 쌍용자동차 해고노동자와 그 가
족들을 위한 와락진료 1기. 진료가 필요하여
간이 의자를 만들어 진료했다.

▲ 2013년 진주의료원 폐원 반대 집회

▲ 진주의료원 폐원 반대 범국민 촛불문화제 참여

▲ 2013년 SIDEX에 틔움과 키움 부스를 내고 사
업홍보에 나섰다.

▲ 2013년 진주의료원 폐원 반대 보건의료인 단
식농성에 참여한 서경건치 회원들

▲ 2015년 5월 한국이주민 건강협회에서 주최한
'무지개 축제'에서 구강검진을 하고 있다.

"건치를 넘어 시민·대중조직으로 도약"

"'건강사회' 만들기 위해 치과의사 한계 넘어 더 큰 다양성 품는 대중조직으로"

안은선

서경건치의 마지막 기획은 조직을 점검하고 미래를 전망하는 편으로 마련했다.

건치 전체 지부의 절반의 지분을 가진 지부답게 많은 회원 수만큼 회원들의 다양한 생각과 재능들이 있는 지부다.

서경건치는 창립 이래 '회원'을 중심에 두고 내실을 강화하고 외연을 넓혀가는 방식으로 사업을 진행해 왔다. 또 몇 년 사이 서경건치의 주력사업들 중 저소득 아동 주치의 사업인 '틔움과 키움'이 서울시 등 지자체에서 하는 사업으로 확대돼 지금까지의 노력이 결실을 보기도 했다. 그렇지만 갑자기 사업이 줄어 여유가 생긴 것도 사실이다.

건치신문은 지난 기획을 통해 서경건치의 역사를 짚었으며, 이번 편에서는 현재 서경건치를 이끌고 있는

회원들을 만나 앞으로의 방향에 대해 들어봤다.

이날 간담회에는 김의동 신임회장, 이선장 전회장, 옥유호, 구준회 회원이 자리했다.

중앙과 통합해 조직 효율성·활력 높여야

본격적인 논의에 앞서 먼저 서경건치의 현재를 잠시 진단해 보는 시간을 갖기로 했다. 지리적 특성상(!) 서경과 중앙은 사업적인 부분에서도 그렇고, 회원, 그리고 사무실도 함께 사용하고 있다. 그래서 예전부터 통합논의도 몇 차례 있었다고.

이선장 먼저 건치의 위상에 대해 생각해보면, 건치의 시작은 다양한 사람들을 엮어내는 것이었지만, 지금은 치과계의 다양성의 하나로 건치가 존재하는 것 같다.

예를 들면, 전에는 건치에서 사회운동, 임상 세미나, 진료봉사 등등을 했었지만, 이제는 치과계 곳곳에서 이에 특화된 단체들이 생겨났다. 그러다 보니 당연히 기존 건치 사업들의 활력이 줄어들 수밖에 없다. 창립 즈음부터 서경과 중앙의 활동 구분을 살펴보면 중앙은 전국단위를 아우를 수 있는 기구고, 서경은 회원, 대중 사업 중심이었다. 그런데 전반적인 건

▲ 이선장 전임 회장

치의 활동 같은 게 줄어든 상황에서 이런 명확한 구분을 두는 건 의미가 없다고 생각한다.

그런데 오랜 시간 구별된 채로 활동하다 보니 소통에 문제가 생긴 부분도 있다. 이미 사무실도 같이 쓰고 활동도 섞어서 하는데, 기존에 해오던 각자의 역할이 있기 때문에 임원들 간에 꼭 그렇지만은 않지만 네 일 내 일을 나누게 되는 경향이 굳어진 것 같다.

통합논의는 과거에도 이런저런 견해차로 결렬됐는데, 건치 사업의 활동성, 효율성을 높이기 위해서 서경과 중앙 간의 연석회의를 갖는 것도 지금의 문제들을 해소할 수 있는 하나의 방안이라고 생각한다.

서경건치의 미래는 '사람'이 답이다

몇 번을 강조해도 지나치지 않는 말이다. 간담회에 참여한 모든 서경건치 회원들은 역시 서경건치의 미래는 '사람'에 달려있다고 답했다. 아울러 이를 위해 기존회원에 대한 것뿐 아니라 신규회원을 모으기 위한 노력들도 필요하다고 강조했다.

▲ 구준회 회원

구준회 기존회원들에 대한 부분은 이미 안정화가 된 것 같다. 뭘 해도 건치를 떠나지 않을 분들이기 때문에…. 그러니 신규 회원 사업에 주력해야 한다고 생각한다.

김의동 전환이 필요한 시점인 것 같다. 오래된 틀 거리를 오랫동안 유지해 왔다. 당연히 의미는 있지만 말이다. 그리고 어느 단체나 신입, 젊은 회원들이 부족하다 하는 것은 건치만의 문제는 아니고, 모든 단체가 그런 것 같다.

이선장 서경건치는 태생부터 회원을 모으고 관리하는 일에 주력해 왔다. 건치의 문턱을 낮추는 일을 말이다. 기존, 신규 가릴 것 없이 다가가려는 노력을 해야 한다.
그렇다면 건치의 문턱을 낮추고, 회원에게 다가가려면 어떤 식의 접근이 필요할까? 건치의 미래가 사람에게 달렸다고 했듯이 젊은 세대의 눈높이에 맞추는 것이 아닐까?

김의동 요즘 다들 어렵다. 개원해도 살아남기가 힘들다고들 한다. 이런 상황에 맞춰 새롭게 치과의사가 되는 분들에게 시대 상황에 맞게 치과의사의 상을 제시하고, 임상 경험들을 공유하고, 또 제시하는 일을 해야 한다고 생각한다. 그러려면 건치의 방향성은 젊은 치과의사들의 요구와 의견을 수

▲ 김의동 회장

용하고 또 논의할 수 있는 장이 돼야 한다고 생각한다. 대중조직으로서 회원들을 챙기고, 양심적으로 진료현장에서 최선을 다하는 동료 치과의사들을 엮어내는 것이 필요하다. 건치는 지금까지 '예방',

'보험' 쪽에 중점을 두고 임상을 진행해 오지 않았나. GD 프로젝트[1]
도 그렇고. 이런 것을 일반 동료들과 공유할 수 있도록 접촉면을 넓
히는 일이 필요하다고 생각한다. 이러한 사업은 서경과 중앙, 그리고
구강보건정책연구회가 함께 힘을 합쳐 처음부터 계획하고 추진해야
한다고 생각한다.

이선장 기존의 서경 회원들을 활용(?)할 수 있는 방안도 같이 고민돼
야 한다고 생각한다. 대부분 회원분이 건치 전현직 임원분들이다.
이분들이 다시 현장으로 나오게 할 수 있다면 서경건치의 활동 영역
이 넓어지지 않을까 생각한다.

후배 된 입장에서 보면, 예전보다 건치의 사회운동 면이 줄어든 것
이다. 보통 연대사업이라고 하면 건강권실현을 위한 보건의료단체연
합(이하 보건연합)이나 건강세상네트워트(이하 건세넷)를 거쳐서 하는
게 많은, 구조적 문제 때문이라고 생각한다. 보건의료단체로서 건치
가 단독으로 연계할 수 있는 단체들을 선배님들이 가진 인맥과 활
동을 통해 좀 더 연계활동을 확장할 수 있을 것 같다.

옥유호 신규회원을 늘리기 위해서, 인기몰이를 위해서 뭔가 하는 것
은 좋지 않다고 생각한다. 건치는 이름 그대로 '건강한 사회'에 관심
이 많은 사람이 모인 생활 공동체라고 생각하기 때문이다.

지금 건치 자체의 규모나 활동이 예전보다 줄어들었다는 생각이 든

----

1 **GD 프로젝트** Good Dent. 프로젝트의 준말로 건치 중앙에서 진행한 '좋은치과 만들기' 임상 프로그램이다.

다. 작은 단체가 됐으니 그것에 맞게 내실 기하는 것도 좋은 방법이라 생각한다. 개인적으로는 문화사업을 활성화 시키고 싶다. 건치가 추구하는 본질을 잃지 않으면서도, 예를 들면 음악이라든지 하는 문화영역과 연결하는 시도를 해봤으면 한다.

시민·대중조직으로서의 건치 모습 그려본다

이선장 10년 뒤의 건치를 상상해보면… 그런 생각이 든다. 과연 지금 그대로 건강사회를 위한 '치과의사회'라는 이름을 유지할 수 있을까. 사실 이름만 보더라도 건치라는 조직이 상당히 폐쇄적이다. '치과의사'로만 한정돼 있기 때문이다. 뭐 이름이 마음에 안 든다는 게 아니라 발전적 방향을 생각해 봤을 때 그렇다는 것이다.

엄밀하게 말하자면 보건연합은 정책단위에 가깝고, 운동 단체는 건세넷이다. 건치가 시민단체로서, 대중단체로서 외연을 넓히고자 한다면 스스로 그 한계를 벗어날 필요가 있다. 건세넷만 보더라도 많은 사람이 의료 부분에 참여하지만, 그 외의 영역들도 많다. 그럼에도 전문성도 있고, 영향력도 크다.

서경건치든 중앙이든 대중조직을 지향한다면, 치과의사 이외에 치과위생사, 치과기공사, 더 나아가 보건의료운동에 관심 있는 다양한 사람들을 받을 수 있도록 통로를 넓히는 게 필요하다.

안녕하세요. 올해로 5년 차 건치서경지부와 중앙에서 일하고 있는 홍민경 입니다. 처음 입사했을 때는 서경지부의 '틔움과 키움' 사업 전담으로 일을 시작하였고 2년 차 때 구강보건정책연구회 간사를 맡게 되었습니다. 그리고 4년 차 때 한국산업구강보건원 간사, 5년 차 때 중앙 사무국장을 겸직하게 되었습니다. 그 때문에 제 급여는 복잡하게도 서경지부, 서경지부 틔움과 키움, 중앙에서 나누어 지출되고 있습니다.

사무실에서 제가 제일 오래 일한 사람이 되었지만, 전에 10년 동안 일하셨던 상근자분이 있으셔서 그다지 오래 일한 것 같지 않다는 생각이 듭니다. 또 매해 새로운 일이 생겨나고 임원진도 2년에 한 번씩 바뀜에 따라 전체적인 흐름이나 분위기가 달라져 늘 새롭습니다. 5년째 일하고 있지만, 기분으로는 3년쯤 된 것 같습니다.

건치는 전국 조직이다 보니 지부마다 성격이 조금씩 다른 것 같습니다. 서경지부의 경우 다른 지부에 비해 인적·물적 자원과 정보를 빠르게 얻을 수 있는 장점이 있습니다. 하지만 지역이 넓고 회원 수가 많아 좋게 이야기하면 다양한 스펙트럼을 가지고 있고 나쁘게 생각하면 파편적인 것 같습니다. 인적 자원이 중앙과 서경으로 나누어지게 되고 오래 활동한 회원들은 건치보다는 지역 활동을 주로 하시는 것 같습니다. 다른 지부나 다른 단체도 마찬가지겠지만, 회원의 고령화와 활동회원의 감소는 단체에 큰 영향을 끼지는 부분인 것 같습니다. 단체 상근자로서 젊은 층에 다가갈 수 있는 더욱 참신한 방식을 고민해야겠지만 역량이 부족함을 느낄 때가 많습니다.

서경지부의 경우 지역 운동이나 활동들은 중앙과 중복되는 부분이 많아 주로 회원 대상 활동을 하였습니다. 회원 대상으로 여러 교양강좌를 개최하거나 지역아동센터, 난민, 이주민자녀, 해고노동자 등 가까운 지역 회원들과 연계한 진료활동들도 많이 진행하였습니다. 교양강좌의 경우 다른 지역과 달리 워낙 다양한 강좌들이 서울 곳곳에서 진행되고 있기 때문에 메리트 있는 강좌를 열지 않는 이상 회원들의 호응을 얻기 어려운 점이 있습니다. 이에 반해 예전에 진행해왔었던 임상강좌를 몇 년 전부터 다시 시작하고 있는데 비회원에 대한 장벽이 낮아서 신청자가 꾸준히 있고 회원보다는 비회원 비율이 높습니다.

진료활동의 경우에는 본인 진료실 안에서의 진료활동 참여율은 비교적 높으나 진료실 밖으로 나가야 할 경우의 참여율은 떨어지는 모습을 보입니다. 대표적인 예로 매달 진행하고 있는 쌍용자동차 해고자 및 가족 진료에 참여하고 계신 회원은 몇몇 분으로 고정되어 있고 가끔 서경지부 임원, 타 지부 회원분들이 참여해주시고 계십니다. 진료장소가 평택이고 일요일 오전이라는 부분을 고려하더라도 일반 회원들의 참여율이 아주 낮습니다. 고정적으로 참여하는 회원이 있으니 새로운 회원들의 참여를 유도하기 위해서는 홍보가 중요한 것 같습니다만 쉬운 듯 어려운 일이 홍보가 아닐까 생각합니다.

어느 집단이든 역량을 갖추고 있으면서 지속해서 활동하기 위해서는 새로운 회원들이 계속해서 유입되어야 합니다. 기존에 활동하던 사람들은 시간이 지나면 다른 쪽으로 관심이 돌아서거나 활동이 굳어지는 경우가 많습니다. 새로운 회원들이 들어오게 되면 다른 시도를 해본다거나 기존에 주로 활동하던 회원이 활동을 멈추더라도 대처할 수 있습니다. 이와 같은 고민은 예전에도 하고 있었고 지금도 하고 있습니다. 작년에는 '참치학교'를 통해 많은 치과대학생을 만났지만, 그 이후 이어질 수 있는 계기가 없어서 아쉽다는 것도 많이 공유하고 있는 내용입니다. 신입 회원, 특히 활동회원을 이끌어내는 것은 어느 단체든 매우 중요하면서도 어려운 일일 것입니다. 그 때문에 건치 서경지부도 지부에서의 고민에서 그치는 것이 아닌 다른 지부, 중앙과 함께 지속해서 고민하고 여러 시도를 해보고자 합니다.

그럼에도 현재 회원분들 대부분의 경우가 초기 건치가 생겼을 때부터 20년~30년 동안 함께하신 분들이 많아 단체의 회원 충성도가 높다고 볼수 있습니다. 이는 치과계에서 건치를 대체할 수 있는 단체가 없다는 것의 반증이기도 할 것입니다. 앞으로도 건치가 끊임없이 변화하며 발전하는 단체로 나아가길 바라며 저 또한 그 나아감에 도움이 되었으면 합니다.

– 홍민경

"대경건치, 대구 시민사회 운동의 등불"

대경건치의 과거와 현재, 미래를 조망한다

이상미

대구는 보수 성향이 높은 지역으로 꼽힌다. 그곳에서 건치 회원으로서 '최초의' 움직임을 보인 조직은 어떤 의미를 지닐까?

건치 대구·경북지부(이하 대경건치)는 건치 지부 중 가장 먼저 결성돼 민주주의를 기반으로 한 보건의료 운동의 싹을 틔웠다. 그 과정에서

여타 시민사회 단체와 폭넓게 연대해 대구의 시민사회 운동을 견인한 바 있다.

특히 대경건치는 최초의 지방자치 선거에서 무소속 정치인을 배출하는 등 보건의료와 시민사회 활동으로 단련된 지역 일꾼을 배출하는 데 큰 역할을 했다. 또한, 지역갈등 해결을 위한 영호남 틀니사업을 진행하는 등 한국 현대사의 물결과 궤를 같이한 모습을 보여 타 지부의 모범이 됐다.

대경건치의 과거와 현재, 미래를 조망하는 자리에는 총 12명의 대경건치 회원이 모여 그간 활동에 대한 소회를 풀어놓았다.

대구 시민사회 운동의 활력소 '대경건치'

대경건치의 태동기는 호헌 반대를 외치던 여러 회원의 활약이 돋보이던 시기였다. 특히 초대회장을 지낸 이재용과 송필경, 김세일, 이 세 사람의 결합은 초기의 대경건치를 견인하는 큰 원동력이었다. 민주화 운동은 커녕 건치 회원을 모으는 일조차 순탄치 않았던 시절, 초기 대경건치 멤버들은 동지를 모아 연대를 강화하는 데 주력했다.

송필경 1987년 전두환 정권의 호헌 성명이 나오자 대경건치 초대회장인 이재용 선생님이 이에 맞서는 서명운동을 벌이며 호헌 반대 운동을 전개했다. 그러던 중 6월 항쟁을 맞으면서 각계각층에 숨어 있던 저항의 목소리가 수면 위로 떠올랐다.

그 과정에서 민주화를 위한 치과의사

▲ 송필경 회원

조직을 만들자는 목소리가 한 데 모여 건치가 결성됐다. 서울대는 이재용 선생님, 연세대는 나, 경희대는 김세일 선생님이 주축이 돼 사람들을 모았다. 다른 건치지부는 6.10 항쟁 이후 결성됐는데 우리 지부는 그 이전에 결성됐다.

한편, 대구의 보건의료 운동이 태동하고 기반을 닦아가는 과정에서 대경건치 회원들이 큰 역할을 했다. 어느 지역보다 타 시민단체와의 연대를 빨리했다. 환경운동이나 노동운동 단체들과 발 빠르게 연대한 거다. 이 과정에서 고등학교 때부터 민주화 운동에 투신한 이재용 선생님의 인맥은 큰 보탬이 됐다. 1990년대 이후부터는 모든 민주화 단체와 연대하면서 진료를 통한 농촌 운동까지 확대되기에 이른다. 민주노총의 전신인 단체들과 매우 우호적인 관계를 맺었던 것도 기억난다.

▲ 이재용 회원

이재용 대구가 아무리 보수적이라 해도 그 안에 진보의 목소리가 숨어 있다. 계기만 주어지면 뜻을 같이할 움직임들이 있다. 그 사람들과 연대하면서 사회운동에서 선도적인 역할들을 해낼 수 있었다. 물론 그 과정이 쉽진 않았다. 신문에 개인 이름으로 호헌철폐 성명을 냈다가 진료하러 가던 도중 경찰에 끌려가기도 했고(웃음). 내가 극단 처용의 대표를 지냈을 때, 대구 연극인들이 호헌철폐 서명을 내자 그것 때문에 공연이 취소되기도 했다. 연극인들이 공연장에서 시위한 결과 가까스로 1회 공연을 할 수 있었지만 말이다. 엄혹한 시절이었다.

당시 건치 회원 가입을 권유하는 데도 어려움이 많았다. 대구치과의사협회 측에서는 건치를 '빨갱이'로 간주했다. 친구한테 건치 가입을 권유했다가 절교선언이 나올 정도로 싸운 적도 있다. 개인적, 공식적인 측면에서 그런 부분에 대한 고충이 엄청났다. 같은 치과의사들에게 구타를 당하기도 했다. 그 와중에 건치에 참여하겠다는 의사를 밝힌 사람들을 만나 건치 회원들을 모을 수 있었다.

대경건치와 함께 한 '청춘'

대경건치 활동을 하면서 즐거웠던 순간을 묻자, 대학 시절 회원들끼리 어울리던 에피소드부터 영호남 틀니사업에 이르기까지 다양한 이야기가 쏟아졌다. 대경건치 회원들에게 건치는 가장 즐거운 시절을 함께 해준 친구인 셈이다.

박준철 초창기에는 서울에 있는 건치 중앙 행사에 자주 참여했다. 서울에서 1박 2일 행사를 마치고 대구로 내려오는데, 새마을호에서 한숨도 안 자고 술을 마셨던 기억이 난다. 기차에 들어가자마자 식당 칸 안에 있는 맥주를 다 마시고 대전역에서 술을 공수(!)해 계속 마셨다. 만취 상태에서

▲ 박준철 회원

오후 4시쯤 동대구역에 내렸는데 바깥이 너무 환한 거다. 당시 대학교 1학년이던 어린 마음에 "아, 너무 부끄럽다"란 생각이 순간적으로 들었다(웃음).

송필경 사업 부문에서는 영호남 틀니 사업을 재미있게 했던 기억이 난다. 영남과 호남이 서로 왔다 갔다 하며 10년 가까이 사업을 진행했다. 호남지방 쪽으로 틀니사업을 하러 갔을 때는 사람들이 동네잔치를 열어주고 경찰들이 와서 감사하다며 금일봉을 주고 가기도 했

다. 서로 격려하며 고맙다고 말해주는 정이 있었다.

이재용 틀니사업단 버스에 붙인 플랜카드에 "'호영남' 화합을 위한 무료 틀니 시설단"이라는 이름을 붙였다. 주로 '영호남'이라는 표현을 쓰는데 우리는 글자를 반대로 썼다. 당시 틀니사업 하러 같이 가자고 겨우 설득해 따라왔던 친구가 있었다. 처음에는 오기 싫다던 그 친구가 1박 2일 봉사를 마치고 버스를 탈 때는 떠나기 싫다며 울더라. 마을 사람들이 차려줬던 음식 하나하나에도 정을 느꼈던, 그런 감동적인 관계들이 떠오른다.

김세일 1995년 최초의 지방자치 선거 때 이재용 선생이 남구청장으로 무소속 당선됐던 것도 큰 성과였다. 우리나라 전체로 그 당시 매우 큰 화제였으니까. 건치뿐만 아니라 모든 시민운동 단체의 성과였던 것으로 기억한다.

고립된 '시민사회 운동', 고립된 '대경건치'

"대구의 보수화가 광범위하게 진행되면서 우리가 설 땅이 좁아졌다. 점차, 이제는 완전히 고립된 섬이 됐다"

현재의 대경건치 상황에 관해 묻자, 송필경 회원은 대경건치가 '고립된 섬'이 됐다며 우려를 표했다. 시대가 변함에 따라 대구의 시민사회 단체들은 조직 역량저하와 더불어 회원 재생산 문제에 직면할 수밖에 없었다. 이런 추세는 대경건치도 마찬가지였다. 특히 1987년 양김 분열 이후 대구 지역 분위기가 급격히 보수로 돌아서자 대경건치의 입지는 더욱 좁아졌다. 건치 내부에서 나눴던 진보 담론을 건치 바깥에서 얘기하면 주변 반응은 차가웠다. 대경건치 회원들은 현재까지 이주 노동자 진료 등의 사업을 지속하고 있지만 건치 안팎에 직면한 여러 문제에서 벗어날 수는 없다는 점을 토로했다.

김명섭 노인 틀니 자체가 대상자 선정 및 사후 관리를 하는 데 어려워지고, 보험화가 적용돼 일반 진료소에서도 적절한 가격의 진료가 가능해지면서 점점 틀니사업에 대한 수요가 사라졌다. 자연스럽게 새로운 사업을 시작하게 됐다. 그게 2005년부터 지금까지 10년째 하고 있는 이주 노동자 치과

▲ 김명섭 전임 회장

진료소다. 1주일에 한 번씩 일요일에만 진료하는데 대구뿐만 아니라 부산, 창원, 울산, 김천 등 다른 도시에서도 꽤 많은 환자가 방문한다. 지금은 나를 포함해 두 명의 건치 회원과 타 단체 회원들이 모여 이주노동자 진료소를 운영 중이다. 진료소 초기 설립 과정에서 대경건치 회원들이 주축이 돼 활발한 활동을 전개했다.

문제는 이런 식의 단체 활동들이 대구의 보수화가 굳어지면서 조직역량의 축소로 이어졌다는 점이다. 구성원 재생산의 문제도 대두했고. 건치뿐만 아니라 대구의 거의 모든 시민단체가 겪는 어려움이다.

기존에 활동했던 회원들을 모아 이야기를 나누면서 조직 재정비를 시도하려 했으나 쉽지 않더라. 그들에게는 이미 건치가 주된 관심사에서 벗어났던 거다.

박준철 우리가 한참 민주화 운동을 했던 당시와는 상황이 다르다. 이제는 민주화 이슈가 사람들의 삶에서 비켜나 있다고 해야 할까? 대부분 사람이 민주화를 자기 삶의 문제로 볼 기회가 거의 없다.

게다가 요즘 학생들은 학과 공부에 치여 다른 것에 관심을 돌리지 못한다. 예전에는 학생운동을 열심히 하다가 치과의사로 개업해도 생업에 지장이 없었다. 하지만 지금은 분위기가 전혀 다르다. "앞을 향해 열심히 달려가지 않으면 뒤처질 수 있다"는 불안감이 가득한 사회로 변한 거다.

차라리 민주 대 반민주 구도가 명확했던 시절에는 동기들이 민주화 운동을 두고 틀렸다고 말하지는 않았다. "네 말이 맞기는 하는데, 나는 용기가 없어"라는 반응이었으니까. 지금 그 친구들 앞에서 내 의견을 말하면 '종북' '빨갱이'라고 한다. 나와 시위를 함께 나갔던 친구가 "세월호는 그만 말해야 한다"고 하는 말에 충격을 받았다.

대경건치가 수행할 미래의 역할

시대는 변했고, 혹자는 시대적 흐름 속에 옛 조직들이 사라져야 한다는 말도 한다. 하지만 대경건치가 사회 속에서 해야 할 역할은 아직 건재하다. 그래서 대경건치의 미래는 계속 현재 진행형이며 그에 대한 청사진 또한 그려져야 할 터. 과연 대경건치 회원들은 스스로 수행해야 할 미래의 역할을 어떻게 규정하고 있을지 궁금했다.

김명섭 의료영리화 등 의료계에서 이해관계가 첨예한 문제를 해결하기 위해 주변 사람들을 조직화하고 함께 나아가야 한다고 생각한다. 이 과정에서 가치관이 다른 사람들을 잘 설득할 수 있는가에 대한 문제가 있겠다. 전문의제처럼 치과의사로서 명운을 결정할 문제들이 많이 남아 있고. 그런 부분에 대해 건치가 발언해야 할 텐데, 그 말을 할 수 있는 조건들을 만들어가야 한다고 본다. 문제를 바라보는 전선이 분명해져야겠다. 그게 우리에게 유리할지는 모르겠지만.

박준철 나는 전선이 명확해져야 한다는 말에 동의하지 않는다. 아마 전선은 앞으로 더 불명확해지고 모호해질 것이다. 또한, 사람을 모을 때 우리가 무엇을 지향하는지 분명하게 이야기한 다음 사람들을 모아 설득시켜야 할 텐데, 우리 내부에서의 지향점도 불명확하다고 본다. 어쨌건 뭐라도 지향했을 때 모여들 사람이 지금만큼 있을까 싶다. 치과의사 자체가 보수화된 집단이자 기득권 집단이다. 그렇다고 우리가 치과의사들 사이에서 입지를 굳히기 위해 보수화될 수도 없는 거고. 심지어 우리 안에서도 진보에 대한 다양한 결이 있는데, 이에 대한 합의점이 잘 찾아지지 않는 상황이다.

백경수 선배들은 지금 상태에 대경건치의 결집력과 추진력이 부족하다고 하지만 후배인 내 입장에서 봤을 때는 지금 정도의 추진력이

▲ 백경수 회원

있는 것도 신기하다. 요즘 친구들의 분위기는 완전 다르다. 어느 인터넷 커뮤니티 익명 게시판에 건치에서 했던 이야기를 올렸다가 큰일 날 뻔했다(웃음). 예를 들어 의료봉사 활동을 하더라도 남을 돕는 코스프레 하냐는 반응인 거다. 지금의 학생들에게는 가난하니까 사회를 바꾸겠다는 마음보다는 돈을 벌겠다는 마음이 더 크다. 그 친구들에게는 이명박이 롤모델이다. 실제로 국정 교과서에 찬성하는 치과의사들도 상당히 많다.

이런 상황에서 건치가 추구하는 이타성이 귀하고 소중하다. 내 관점이 받아들여질지 모르겠지만, 나에게 건치는 숨구멍이자 샘물 같은 조직이다.

"대경건치의 역할 찾기 포기 안 할 것"

의료공공성 부문에서 대경건치의 역할을 강조한 김명섭 전임회장

이상미

"건강권과 의료는 매우 중요하며 어느 시대에서든 바로 잡아야 할 문제다. 그런 부분에 있어 지역사회 속 대경건치의 역할은 여전히 필요하다"

대경건치를 방문했을 때, 당시 회장이던 김명섭 전임회장은 대경건치가 지역사회에서 해야 할 역할에 관해 이렇게 설명했다.

그는 보수성향이 강한 대구 경북지역에서의 시민단체 역량 축소, 조직 재생산 문제를 겪는 대경건치의 상황 등을 염두에 두면서도 대경건치가 가야 할 지향점을 분명히 했다.

최봉주, 김명섭, 박준철 회원으로 이어지는 회장 로테이션 체계가 진행된 지 벌써 6년. 대경건치는 조직 안팎의 문제에 직면했음에도, 활동을 계속하겠다는 의지를 이어가고 있다.

'지역에서 할 수 있는 역할 찾겠다'

먼저 김명섭 전임회장은 대경건치의 현 상황에 대해 진단했다. 조직 재생산, 지역사업 활동 저하 등은 대경건치 회원들이 문제의식을 공유하는 사안이었다.

해당 문제와 관련해 김 전임회장은 몇 가지 원인을 짚어 설명했다. 첫 번째로는 대경건치 회원들의 활동 반경이 대구에 국한돼 있다는 것. 또 하나는 지역 자체가 보수화되다 보니 진보성향인 대경건치가 '고립된 섬'이 되어간다는 점이다.

더불어 대경건치 조직 내에서 점차 모호해지는 활동 방향성에 대한 언급도 이어졌다.

현재로써는 대경건치 구성원들이 '건치'의 이름으로 활동을 활성화하기보다 대구시치과의사회에 들어가 기존에 건치에서 했던 활동들을 이어가는 상황이라고 했다.

그는 "안팎의 상황으로 조직이 무기력해지는 것 같다. 이른바 '조직의 우울증' 같은 부분이 있다고 생각한다"며 솔직한 마음을 드러내기도 했다.

▲ 김명섭 전임 회장

그럼에도 김 전임회장은 대구지역에서 건치의 역할이 여전히 필요하다는 점을 피력했다. "사람들 사이에서 민주화에 대한 사회적 공감대가 줄어든 오늘날에도 의료 분야에서의 건강권 사수는 매우 중요하다"는 것이다. 나아가 지역에서 의료 공공성 사수에 앞장서야 할 대경건치의 역할을 강조했다.

김명섭 전임회장과의 대화 과정에서 '포기하지 않는 대경건치'를 느꼈다면 섣부른 판단일까? 실제로 현재 대경건치는 지역 시민단체를 후원하는 지원책의 역할을 강화하는 등, 주어진 조건에서 할 수 있는 일을 찾아가고 있다.

'포기하지 않는 마음'을 이어간다면 '새로운 희망'은 반드시 생길 것이다. 시민사회 지원, 의료 공공성 사수의 필요성에 공감하는 대경건치 회원들의 미래가 기대되는 이유다.

"지역민과 호흡한 부경건치 27년사"

다양한 참여도와 실천력이 자산인 부경건치를 돌아본다

윤은미

청년치과의사회를 모태로 시작한 건치의 창립기를 함께한 지부 중 하나가 부산경남지부(이하 부경건치)이다.

부경건치는 1988년 건치의 창립 논의가 한창이던 때에 보건의료운동연구회를 꾸리고 우리 교회 내에 우리 진료소를 개소하면서 활동을 시작했다. 이후 이듬해 곧바로 부경건치가 결성됐고, 1990년대부터 수돗물불소화사업을 시작하면서 지금까지 지역에서 보건의료 정책 개발에 힘 써왔다.

이후부터 부경건치 사업의 근간이 되고 있는 치과 진료실이 확대되면서 장애인진료소, 이주민노동자 진료소 사업이 이어졌다.

구강보건법과 치과의사 전문의제도 등 구강보건정책에 관한 아젠다를 놓고 수차례 간담회를 개최하고, 추진위원회를 꾸려 성과를 도출하기도 했다.

2000년대부터는 사랑의 폐금모으기사업, 공동모금회지원, 지자체 지원사업 등으로 재정 사업을 늘려가기 시작했으며, 지역사회와의 연대 활동을 통해 전문가단체로서의 사회 환원을 실천해왔다.

건치신문은 건치의 시작부터 절정기까지 역사적 순간을 함께해 온 부경건치의 27년 역사를 되짚어보고, 건치와 치과계를 넘어 지역에서 부경건치가 이루고자 하는 비전을 들여다보기로 한다.

먼저 그 시작으로 부경건치 기획 역사 편을 기획하고, 사진으로 함께 돌아보는 부경건치의 연혁을 돌아본다.

건치의 역사 함께한 부경건치 창립기

1988년 창립 당시 이강주, 정효경, 조기종, 전장화, 차봉환 선생 등이 청치 멤버를 중심으로 모이기 시작해 보건의료운동연구회를 만들고, 우리 교회 안에 '우리 진료소'를 개소하면서 모임의 구심점이 됐고, 이내 부경건치의 결성으로 이어졌다.

1990년대는 정책활동의 시작과 동시에 전성기였다. 1990년에는 수돗물불소화 사업이 시작됐고, 이듬해 지역 의원인 푸른치과를 설립해 진료소사업이 시작됐다. 대통령선거에서 보건의료단체와 공동으로 보

▲ 1994년 수돗물불소화 캠페인

건의료정책을 개발하고 요구하면서 정책 활동이 활발해졌고, 1993년에는 공중구강보건법이 제정되고 의료보험 통합일원화가 이뤄지면서 대국민 구강보건캠페인 등이 활발하게 펼쳐졌다.

이러한 정책활동은 1990년대 후반까지 이어져 구강보건법과 전문의제에 대한 간담회를 개최하고, 수불사업 추진위원회를 결성하는 등 정책연구사업의 시발점이 되면서 지역 내 51개 사회단체와 건강치아연대를 결성하기에 이르기도 했다.

▲ 1994년 어린이대공원에서 열린 6.9제 캠페인

이후에는 수불사업 시민캠페인이 수차례 집중적으로 이어지면서 시민들의 관심이 쏠렸으며, 부경건치는 구강보건정책제안을 위한 지역간담회 등을 개최하면서 예방진료사업에 대한 성과를 나타내기도 했다.

1994년에는 노동자구강검진 및 학교 불소 양치사업이 시작됐고, 이듬해 경남 양산시에 장애인 복지시설인 무궁애 학원 내에 치과 진

▲ 1994년 신입 회원 환영회

료실이 마련됐다. 1996년에는 연산동 장애인 종합복지관내에 치과 진료실이 설치되는가 하면, '이주민과 함께'라는 외국인노동자를 위한 치과 진료실도 함께 마련됐다. 두 진료사업은 현재까지 이름을 달리하며 명맥을 이어오고 있다.

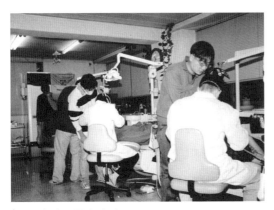
▲ 1997년 이주노동자 진료소

IMF가 기승을 부리던 1998년에는 양산시 덕계 혜성원과 양산외국인노동자의집, '장기수·유가족'에 대한 무료 치과진료 등을 시

작하면서 지역 내 소외계층을 대상으로 한 진료사업을 확대해갔다. 실직자를 위한 진료사업과 거리 건강상담도 함께 진행돼, 실직자 진료비 감면사업을 벌이면서 지역민과 시련을 함께했다.

재정사업의 안정화…진료사업 활성화로

▲ 1999년 어린이날 행사를 마치고

2000년대부터는 갖가지 재정사업으로 진료소 사업이 안정적인 확산기를 맞이했다.

2001년에는 사하구 장애인복지관 내에 치과 진료소가 설치됐으며, 공동모금회지원이 시작됐다. 이로써 장애인 무료보철 및 구강병예방사업이 추진됐고, 2002년에는 '아빠치과만들기'

사업이 새롭게 꾸려졌다. 2000년 후반에는 지역아동주치의사업의 재정 골자를 이루는 '사랑의폐금모으기사업'도 함께 시작돼, 장기수 어르신 지원사업에도 보탬이 됐다.

이러한 안정적인 재정사업을 통해 부경건치는 부산시 민간단체의 지원으로 '65세 이상 저소득층 노인 무료틀니 사업'이 처음 시작되는 성과를 거두기도 했다. 또 '쪽방 거주자의 자활을 위한 구강보건사업'도 지원을 받기 시작했다. 그러면서 부경건치를 주체로 한 장애인치과진료단이 발족했으며, 위안부 할머니를 대상으로 한 무료보철사업도 이어지는 등 진료사업의 전성기를 이뤘다.

이외에도 부경건치는 특수학교 구강보건사업으로 진행된 '우리 학교에 치과가 생겼어요'와 건치마을 네트워크사업을 공동모금회의 지원으로 이뤄냈으며, 부산시치과위생사협회 등 지역 치과계와 힘을 모아 장애인구강보건학교를 개최하고, 반송 지역 내에 건치 마을 만들기 사업을 벌이는 등 지역사회 내의 역할도 키워갔다.

▲ 2000년 어린이날 행사

건치의 대표 학부 사업이자, 가장 오래도록 학생 사업의 맥을 잇고 있는 여름한마당 역시

이 시기에 시작됐다. 2005년에는 여름한마당 겸 농촌봉사활동이 진행돼 부산생활협동조합과 합천군 농민회가 함께 했다.

아울러 2009년에는 ◇ 북클럽 ◇ 건치 GD 사업 ◇ 건치가족 소풍 ◇ 찾아가는 집행위 등 회원 사업

▲ 2001년 건강치아연대의 수불캠페인

이 본격화됐으며, '의료민영화저지와 건강보험 보장성 강화를 위한 범국본'이 출범하면서 지역보건의료단체와의 공통 아젠다가 발생했다.

다양한 회원층 참여·연대활동이 원동력!

2010년에는 이러한 학부사업의 성과가 이어지면서 부경건치와 부산대 치전원 내 동아리 '해송'이 함께하는 웅상이주민진료소의 진료사업이 시작됐다. 이를 통해 신입 회원의 입회가 재개되기도 했으며, 여름한마당과 임상강좌에 신입 회원의 참여가 이어졌다.

분주한 지부사업이 진행되는 와중에도 부경건치는 건치가 진행하는 쌍용자동차 해고노동자를 위한 평택 와락진료소에 꾸준히 참가하며 힘을 보탰으며, ◇ 부산의료연대회의 ◇ 복지부산유권자두레모임 ◇ 강정마을지키기부산연대 ◇ 부산유권자네트워크 등 지역사회와의 연대를 더욱 강화했다.

이러한 활동에 발맞춰 2013년에는 부산지역 시민사회단체와 사무실을 공동 사용하기 위해 전포동에 새로운 둥지를 트기도 했으며, 이후 밀양송전탑반대투쟁, 지역연대모임인 '만원의연대' 등에 공동 주체단체로 참여하기 시작했다. 이외에도 지역 기업체인 생탁의 파업현장 및 장애인농성장을 지지 방문하고, 세월호희생자분향소 의전 활동을 지원하는 등 사회적 이슈에 민감하게 대처해왔다.

학부사업은 정책연구사업과 결부되면서 학생구강건강간담회를 개최하고, 부산구강보건정책연구회를 꾸리는 데 성공했다. 지난해에는 메르스 사태를 짚어보는 공공의료토론회와 부산반핵영화제를 공동주최해 눈길을 끌기도 했다.

열댓 명의 집행부 임원들이 꾸려왔다고는 믿기지 않을 만큼의 사업 성과를 유지하고 있는 부경건치의 추후 행보에 귀추가 주목된다.

"부경건치는 치과·사회 잇는 연결고리다"

부경건치의 모태가 된 청년치과의사회 부산경남지부 이강주 초대회장

윤은미

"치과라는 생계 터전을 벗어나 사회문제에 관심이 있는 치과의사들과 서로 이야기를 나누는 것. 그냥 그게 좋아서 모이기 시작한 게 부경건치다"

건치의 모태인 청년치과의사회(이하 청치)부터 부경건치의 창립멤버로 활약한 이강주 초대회장이 창립 당시의 기억을 돌이키며 이렇게 말했다.

1988년 한겨레신문이 창간할 즈음 부경건치는 태생을 함께했다. 그는 "정효경 선생 등 후배들이 선배라고 나를 찾아와 모이게 됐는데 어

▲ 이강주 초대 회장

쩌다 가장 연장자인 내가 회장을 맡게 됐다"며 "그때 당시만 해도 내가 나서서 어떤 일을 하겠다는 생각도 없었던 때였는데 곧 지부대표자 회의에서도 내가 의장을 맡게 됐다"고 전했다.

그는 "당시 '의료운동'과 '의료인운동'이라는 두 가지 용어를 자주 썼는데 전자는 의료인들이 의료운동을 하는 것이

고, 후자는 의료인이 사회적 활동을 하는 것이라는 의미였다"면서 "나는 그전까진 치과에만 있던 인물이라 이런 용어의 뜻도 몰랐고 운동권이나 사회활동에 대해 잘 알지 못했던 터라 회의를 이끌기보다는 그저 사회를 봤던 것 같다"고 회상했다.

그렇게 활동을 시작한 이강주 초대회장은 한 달에 한 번씩 중앙운영위원회를 다니면서 각 지부를 돌며 회의를 하면서 여러 사람을 만나게 됐다. 그렇게 소위 '사회문제에 관심 있는 치과의사들'과의 접촉지점을 늘려가던 중 부경건치의 활동에도 활기가 돌기 시작했다. 첫 사업으로 가장 먼저 회지를 만들고, 진료소 사업을 벌였다. 그는 "교회에 진료소를 차리고 '푸른치과'라고 이름을 지었다"며 "곧 부서도 대여섯 부서로 나뉘면서 그때 당시 나오던 사람들을 모두 부서 책임자로 임명하고 정기적으로 회의했다"고 말했다.

상평(상황평가)과 시국을 논하면서 청치의 역할을 찾아가던 그때, 그는 창립멤버들과 함께 집에서 밤늦게까지 회의를 하는 일도 종종 있었다고 기억했다.

"많이도 떠들었다. 우리 집에서 저녁 늦게까지 7~8명이 모여 크게 떠들고 하니까 우리 집사람이 나중에는 '시끄럽다'고 할 정도였다. 참 열심히 떠들었다. 그런데 지금은 내용이 기억도 안 나는 거다." (웃음)

그는 인터뷰 내내 "잘 모르는 사람이 회장을 맡아 준비 없이 임기 1년을 보냈다"고 했지만, 당시를 이렇게 기억했다.

그러면서 그는 "나는 그래서 건치가 좋았다. 치과의사가 치과에서 환자 보는 거 외에도 신문도 보고, 방송도 보고 하니까 거기에 대한 생각이 있을 텐데, 그런 걸 실컷 얘기할 수 있다는 게 그때는 참 좋았다"고 말했다. 특히 그는 "책도 많이 보고 했지만, 의료인운동과 결부시키는 노력은 한 적이 없었는데, 건치를 통해 조금씩 연결고리가 생기더라"면서 "그중에서도 치과에서 돈만 벌다가 그 밖에서 진료하는 일은 참 보람됐다"고 했다.

참고로 부경건치의 당시 진료소 사업은 대상이 장애인이나 이주민에게 국한되지 않았다. 경제적 형편 때문에 치과에 잘 가지 못하는 시민들을 대상으로 진료소 사업이 확대되기 시작했다. 당시에는 치과 접근성이 지금보다 더 어려울 때였기 때문이다.

그는 후배들에게 이런 말을 전했다.

"개인과 가족의 경제적인 안정, 이런 것들에서 좀 벗어나 자신의 시간과 이득을 조금씩 내어놓고 모이는 곳이 건치였다. 건치가 이런 사람들을 찾아내고 관심을 불러일으키는 역할을 할 필요가 있을 것 같다. 치과의사가 진료와 사회적 관심 이 두 가지를 1:1로 가지고 가면 가장 좋겠지만, 사실 나조차도 쉽지는 않다. 과거에는 그렇게도 살았는데, 나이가 드니 내가 생각하는 걸 다 실천하며 살 순 없다는 제한을 느끼기도 한다. 그래도 치과의사로서의 사회활동, 이런 것들에 관심을 가지는 후배들이 많아졌으면 한다"

부경건치 사업국은 '120% 가동 중'

부경건치의 열정을 담은 현행 사업들을 살펴본다

윤은미/디자인 이상미

"수십여 명의 회원들이 이룬 성과라고는 믿을 수 없는 사업들이다. 부경건치는 지금 120%로 가동되고 있다"

– 2015년도 부경건치 정기총회 중

활발한 사업 진행으로 8개 지부의 모범이 되고 있는 부경건치의 27년사를 짚어본 데 이어, 건치신문은 부경건치가 현재 진행 중인 사업들을 살펴본다.

부경건치는 ◇ 진료소사업 ◇ 정책사업 ◇ 연대사업 ◇ 회원사업 ◇ 학부사업까지 크게 5개 분야로 나눠 사업을 운영 중이며, 각 사업국이 긴밀한 연결고리로 이어져 연계하고 있는 것이 특징이다.

이를테면, 부경건치의 시작부터 함께해 온 진료소사업에 지역 치과대학 학생들의 참여도가 높아지면서 학부사업이 활성화되고, 이를 통한 대학 내 동아리 형성과 구강보건정책 논의가 활발해지면서 회원사업이 확대되는 방식이다.

부경건치 회원들의 동력을 확인할 수 있는 대표사업들을 짚어본다.

웅상진료소(진료소)	전포진료소(진료소)
• 경상남도 양산에 위치한 외국인 노동자 진료소 • 주 1회 운영 • 부산대학교 치의학대학원 학생들과 함께 운영	• 전포동 부경건치 사무실에 위치 • 일요일과 수요일 오전 주 2회 진료 • 외국인노동자 및 해고노동자 대상 부산시치과위생사회 협조로 지역 대학생들 참여
나눔재단진료소 지원(진료소)	여름한마당(학부)
• 부산시치과의사회 진료소 사업 지원·결합 중 • 지역 아동주치의사업 및 무료 보철사업 진행	• 부산대학교 치의학대학원 학생 대상으로 매년 8월 운영되는 MT • 졸업생들도 참석해 치과진료에 대한 진솔한 대화 나누는 학생&회원 공감의 장

치대 동아리 모임(학부)	월례회(회원)
• 치전원 변경으로 예과 없이 주춤하던 기존 사업의 부활 • '건치 동아리 만들기' 초기 진행단계	• 임상예방강좌 진행 • GD모임 겸 후배들 임상교육 • 인문학 강의 진행

북카페 모임(회원)	찾아가는 집행위(회원)
• 부경건치 회원이 읽고 싶은 책 선정해 독서토론 진행	• 김해·창원·거제도 등 장거리 주변지역 회원들과 만나기 위한 부경건치의 집행위원회

만원의 연대(연대)	별빛공감음악회(연대)
• 해고노동자 및 파업노동자 지원 • 부경건치 회원이 각 만원씩 갹출해 재정 지원. 사회복지연대와 지역사회 복지사업에 대한 의견 제시 • 부산 공공사업지원단 사업 구상 역할	• 부산지역 아동센터와 연계한 지원사업 • 각 지역아동센터 음악회 진행 지원

아동치과주치의 사업(연대)	희망기금사업(연대)
• 건치 틔움과키움사업 전신으로 발전 중인 부경건치 전속사업 • 울산·김해 지역 아동센터와 결합해 지역치과의사회 회원 동참	• 진료소 사업을 위한 재정사업 • 부경건치 회원 치과가 동참하는 폐금 모으기 운동

부산구강건강협의회(구 부산구강건강포럼) (연대)
• 부경건치, 부산시치과의사회, 부산시치과위생사회, 부산대 예방치과 등 지역 치과단체 합동사업 • 구강보건정책 현안과 대안방향 제시. 부경건치 제안으로 3년 째 운영 중

"일하는 사람이 즐거운 부경건치로!"

"건치지부 간 강점공유 필요·돌연변이 신입회원 많아지길"

윤은미

부경건치의 마지막 기획은 부경건치의 오늘을 이끌고 있는 임원들로부터 조직의 미래비전을 들어보는 특집으로 마련했다.

'일하는 사람들이 즐거운 부경건치'. 이날 모인 임원들이 꿈꾸는 부경건치를 한마디로 요약하자면 이렇다.

이를 위해서는 사업을 개척하고 지역치과의사사회에 전파하는 저력을 가진 울산지부와 회원의 삶을 공유하는 데 익숙한 광주전남지부의 노하우를 배우고 싶다는 의지도 나왔다. 시대의 변화와 그에 따른 미래비전을 고민하는 사이 '건치가 할 일이 없는 살기 좋은 세상'이라는 최종적인 지향점은 각 지부와 공감대를 나타내기도 했다.

부경건치의 미래를 논하는 이 자리에는 하현석 회장을 비롯해 조병준 사업국장과 박인순 회원, 김권수 회원이 함께 자리했다.

부경건치의 미래를 논하는 이번 기획에서도 가장 먼저 언급된 것은 시대적 변화에 따른 건치의 역할 고민이다.

더디지만 꾸준히 진일보하고 있는 제도적인 발전, 그러나 개인의 자발적인 참여는 기대하기 어려워진 현실, 그 속에서 건치가 할 수 있는 일을 계속해서 찾아 나가는 것이다.

박인순 회원은 "과거엔 건치가 할 수 있는 일이 많았고 또 건치를 절대적으로 필요로 하는 곳이 많았다"며 초창기 건치가 저력을 발휘할 수 있었던 원동력이 거기 있다고 말했다.

과거 부경건치 진료소 사업의 시발점이 됐던 영역은 오늘날 부족하지만 거점장애인치과병원 등이 그 역할을 부분

▲ 박인순 회원

적으로 대신하고 있고, 치과건강보험의 사회적 이슈를 만들고자 했던 실란트나 틀니 급여화가 모두 현실화된 오늘날, 건치가 해야 할 일을 새로이 찾아야 할 때라는 것이다.

박인순 회원은 "건치가 추진하던 사업 중 상당수가 국비로 대체되는 경우도 생기고 사회적으로도 자원활동이나 기부문화가 발전하면서 우리가 설 자리는 좁아지고 있지만, 그것도 성과"라고 표현했다.

하현석 회장은 건치의 최종 목표이자 지향점이 거기 있다고도 말한다. 하 회장은 "그게 정상이고 좋은 일"이라면서 "국가가 다 해주고 우린 옛날 얘기나 하면서 놀러 다니는 날이 오길 바란다"고 했다.

건치 지부 간에 강점을 공유할 수 있

▲ 하현석 회장

는 지점도 찾아보고 싶다는 의견도 나왔다. 울산지부에서는 지역치과의사회와 결합하며 사업을 정착시키고 활성화하는 노하우를, 광주전남지부에서는 회원들과 삶을 공유하는 힘을 배워보고 싶다는 것이다.

돌연변이 신입 회원 많아졌으면

신입 회원 유치에 대한 의지도 크다. 조병준 사업국장은 "가입만 하는 것보다 일 할 수 있는 회원이 많이 들어왔으면 한다"고 말했다. 그런데 그건 돌연변이라는 해석이다. 하현석 회장은 "요즘은 치과의사 말고 다른 걸 하겠다고 나서면 그건 거의 돌연변이다"라고 웃었다. 하 회장은 "건치를 처음 했던 선배들은 치과의사인 자신과 민중을 같게 생각했었다. '민중의 일은 내 일이다.' 이렇게 여긴 것"이라며 "지금은 그런 사고를 하지도 않고, 또 우리 생각을 그대로 물려줄 수도 없는 단절이 생겨났다"고 말했다.

그러나 박인순 회원은 "나는 생각이 다른데, 일은 내가 하면 되니까 신입 회원이 많이 들어왔으면 좋겠다"며 "과거엔 건치 자체가 할 일이 많았지만, 지금은 각 회원이 각자 가진 자기 사업이나 활동들이 모여 건치가 되는 것 같다"고 평가했다. 회원들의 시민사회활동을 통해 연대사업이 확대되기도 하고, 지역치과의사회와 교류가 이어지기도 한다는 것이다.

▲ 조병준 사업국장

신입 회원 유치가 정체기를 맞은 만큼, 기존 회원에 대한 재정비를 시작해야 할 때라는 지적도 나왔다. 박인순 회원은 "몇 년째 우리 머릿속을 많이 차지하는 건 신입 회원 확보지만, 학부 체계가 변한 것도 성과를 미미하게 하는 것 같다"며 "이럴 때일수록 있는 회원을 잘 챙기자는 생각을 하게 된다"고 밝혔다.

그는 "건치도 이제 세대가 다양해지니까 일종의 공동체가 됐다고 생각한다"며 "굳이 활동하지 않아도 한 해 동안 회비 120만 원을 꼬박 보내주는 회원들을 보면 뭉클하기도 한다"고 말했다. 개원의들의 실상에 민감한 문제에 그다지 큰 목소리를 내지 않는 건치임에도 우리 단체가 꼭 필요하다는 애정을 보내주는 회원들이 있는 한 치과의사 직종에 꼭 필요한 단체가 될 것이라는 의지도 내비쳤다.

하현석 회장도 "건치는 진보적인 전문가 단체로 남아있는 것"이라며 "다른 사람이 다 이 길로 갈 때 '이 길이 맞는가'라고 물을 수 있는 단체, 그런 거"라고 말했다.

'재밌는 일거리가 많은 건치', '일하는 사람들이 즐거운 건치', 그래서 '자주 보고 싶고, 함께 일하고 싶은 건치가 되는 것' 그게 부경건치의 비전이고 소망이다.

건치 사무국 상근자로 활동한 지 6개월이 조금 지났습니다.

그동안의 활동 소감을 글로 쓴다는 것이 민망한 부분도 있지만 제 생각과 느낌을 솔직히 표현해 보도록 하겠습니다.

이유는 모르겠지만, 저에게는 시민단체 활동가에 대한 막연한 기대감 내지는 묘한 끌림이 있었습니다. 물론 그 구성원이나 내부 시스템 혹은 활동방향에 의문이 생기는 단체들도 아주 간혹 있기는 했지만, 건치는 저의 이러한 의심에서는 멀어 보였습니다.

짧은 활동 기간을 곰곰이 반추해 보면 제 생각과 달랐던 부분도 있고 '어! 이건 아닌 것 같은데…' 라는 생각이 들었던 순간도 있었지만 아직은 저의 막연했던 느낌이 틀리지 않은 것 같습니다. 그리고 나름 재미있습니다.

어떨 때는 학부 시절 열심히 활동했던 동아리 임원으로 돌아간 것 같아 이상하게 뭉클했던 적도 있고, 또 어떨 때는 이전에 몰랐던 새로운 분야에 대해서 배울 수 있는 호사를 누리기도 하였습니다. 집회나 시위, 토론회나 기자회견 등에 여러 단체 선생님들과 함께하면서 최규석 작가의 작품 《100℃》에 나오는 "한 사람의 열 걸음 보다 열 사람의 한 걸음"이라는 구절을 추상적 개념이 아니라 온몸으로 체화할 수 있도록 온 우주가 나서서 다 같이 도와주는 기운을 경험하기도 하였습니다.

홍민경 사무국장님과 정진미 사무차장님이 옆에서 많이 도와주시지만,

아직 여러모로 부족한 것이 사실입니다. 사무국 업무에서 요구되는 실무적인 부분도 그렇고 활동가로서 주체적으로 행동해야 하는 부분에서도 마찬가지인 것 같습니다. 보건의료분야에 대해 소양이나 식견도 박약하여 이슈가 되는 소재나 주제에 관해 그때그때 주먹구구식으로 공부하는 것이 전부일 때가 많습니다.

하지만 활동하는 동안 건치 선생님들, 상근자분들 그리고 보건의료단체연합을 포함한 다양한 단체 선생님들과 어느 정도 친분도 쌓고 이런저런 이야기도 나누면서 여러 가지를 보고 듣고 배운 것은 훌륭한 자산이 되지 않았을까 생각합니다. 부족한 점이 있더라도 양해 부탁드리며, 앞으로 추진될 사업이나 행사에도 지금처럼 많은 참여와 지지를 보내주시면 감사하겠습니다.

- 이효직

전북건치를 이끈 힘! 끈끈하고 강한 조직력

'건강사회를 위한' 정체성 고민하며 지역사회에 스며들다

안은선

건치의 전신이 된 청년치과의사회의 활동과 더불어, 87항쟁 이후 전북지역에서도 치과대 학생들이 전문영역에서의 활동이 필요하다는 데 동의하면서, 당시 익산지역에서 공중보건치과의사(이하 공보의)를 하던 김인섭 선생을 필두로 사람들이 모이기 시작했다.

건치 전북지부(이하 전북건치)는 1989년 6월 3일 황진 선생을 초대회장으로 차상희, 이흥수, 손광진, 김병오 선생을 중심으로 꾸려졌다.

지역에 정착한 사람이 적어 공보의 회원을 중심으로 활동을 시작한 전북건치는, 일상적 진료 활동과 함께, 전북대와 원광대 학부생들과 긴밀한 관계를 유지해 가면서 지역 구강보건 사업에 주력했다.

전북건치는 이러한 태생적 한계를 가졌지만, 건치 중앙의 사업에 보조를 맞춰가며 지역에서의 건치의 역할에 대해 끊임없이 고민하며, 진료봉사활동, 지역 시민사회단체 및 보건의료단체와의 연대를 통해 영향력을 확장하려 애썼다.

초창기 전북건치는 다른 지부와 마찬가지로 고백교회 및 공단에서의 소진료소 활동과 1990년대 초 '상수도 불소화 사업'을 지부 사업으로 추진해 왔다. 건치 지부 중 가장 꾸준히 치과대학 학부 사업과 '지부 소식지' 발행 사업을 해 오고 있다.

지역에 뿌리내리기 위해 분투하다

"우습게 들릴지 모르겠지만, 우리는 언제나 환자의 입을 통하여 지역민의 생활상이나 환자의 성격, 그리고 제반의 모순을 바라본다. 우리는 전북도민의 구강건강을 확보하기 위해 법적 제도적 장비와 실제 우리가 하는 진료행위를 올바로 하는 것이다"

1989년 6월 3일 정식 출범한 전북건치는, 전북지역에서 '건강한 사회'를 실현하기 위한 활동 공간 마련을 위해 분투해 왔다. 특히, 공보의를 중심으로 이뤄진 초창기 활동은 일상적인 진료봉사를 활성화하고, 치과대학 학부생과의 관계를 긴밀히 유지하면서 지역 내 전북건치의 정체성을 세우기 위한 홍보 활동을 중심으로 전개됐다.

전북건치는 초창기인 1990년과 1991년에는 건치 중앙에서 전개한 수돗물불소화 사업(이하 수불사업)에 발맞춰 전북지역에도 수불사업을 실시하기 위해 학부생들과 연계해 거리선전전, 전북지역 보건의료단체와의 연대활동을 펼쳤다.

또 전북지역 특성에 맞는 보건의료운동 개발에 의의를 두고, 이와 관련한 토론회 및 세미나 중심의 교육모임을 결성했으며, 지역보건의료 잡지 '몸다슬'에 원고 게재 등을 통해 연대사업을 진행했다.

1992년도에는 초등학교 내 불소용액 양치사업 시행을 추진해, 전북 4곳 초등학교에서 이를 실시하는 성과를 얻기도 했으며, 1993년도에는 수불사업 촉구를 위한 걷기대회에 학부생들과 함께 나가 시민들을 대상으로 홍보하기도 했다.

전북건치는 매년 사람이 바뀌는 공보의가 주축이 되다 보니 사업의 연속성이 떨어지는 한계에도 불구, 사람 수에 얽매이지 않고 자체 조직력을 강화하는 방법을 모색하며 전북지역 내에서 건치의 위상을 높이는

▲ 자림원 진료를 마치고

일에 매진했다.

그리하여 1994년과 1995년엔 인의협, 청한, 건약과 함께 전북지역 의료보험통합일원화와 보험적용확대를 위한 범국민연대회의(의보연대회의)에 참여, 대표자회의를 진행하는 등 지역 보건의료사업에 뛰어들기도 했다.

지회 활동의 활성화·사업 다양화…폭발적 성장

1996년과 1997년엔 전북지역에 뿌리내리고 살아가는 '개업의 중심'으로 활동 방향성을 잡고, 지역 내 '소년소녀가장 돕기 진료카드' 사업, 보건의료인 연대회의 참가, 구강보건법제정 소모임활동을 전개했으며, 회원 되찾기 및 배가운동을 통해 잠시 전북건치를 떠났던 회원들이 복귀하는 등 양적 성장도 함께 이뤄냈다.

1998년과 1999년에는 전북건치의 활동이 꽃피운 해였다. 전주·익산·군산에 지회 건설을 통해 조직체계를 정비하고, 지역별 맞춤 사업을 전개할 정도로 성장했다.

군산지회에서는 매년 건치인을 선정해 시상하고, 구강보건교육 매체를 제작하고 이에 대한 감상문 낭독회 등 참신한 기획 사업을 전개했다. 아울러 지역 개원의들과의 연대를 위해 임상교실을 운영하고, 소식지 발간 횟수를 증대했다. 이외에도 유치원 구강검진 및 실직자 치과검진, 장기수 초청 강연회 등을 개최했으며, 구강보건주간 행사를 주도했다.

특히, 1999년엔 故 박동준 선생의 섭외로 전주 송천중학교(소년원) 진료사업을 시작해 담당 치과의사 배치를 목표로 전북 공보의협과 공동으로 사업을 전개했으나, 아쉽게도 성사되지 못했다. 그러나 2003년부터 송천중학교로부터 치과 치료 예산을 받는가 하면, 법무부에서 표창을 받는 등 성과를 나타내기도 했다.

2000년대 들어서면서 전북건치는 기존 사업을 계속하는 한편, 전주 장애인 시설인 자림원 진료봉사를 확대하게 된다. 2001년에는 원광대학교 치과대학생들을 대상으로 의료학교를 진행했으며, 안도현 시인·보건연합 우석균 선생 초청 강연 뿐 아니라 임상강좌도 실시해 호응을 얻었다.

2002년에는 전북 용담댐 수불사업이 암초에 부딪혔다. 수불사업 반대론자들이 1달여간 대전 수자원공사를 방문해 용담댐 수불기기 설치 중단을 요청하는 등 훼방을 놓았기 때문. 이에 전북건치를 중심으로 한 전북수불추진위원회가 수자원공사에 항의 방문, 고위관계자들을 만나 수불사업의 정당성에 대해 설득하는 등 수불사업 지속을 위해 적극적으로 나섰다.

그 결과 보건복지부에서 제작한 45초짜리 수불 공익광고를 전주 MBC를 통해 1일 3회 이상 30일간 방영 결정을 이끌어 내는 등 전북건치의 저력을 엿볼 수 있었다.

이 사건을 계기로 전북건치는 광역 상수도 수불화를 이뤄냈으며, 이어 지자체 정수장 불소화 확대에 매진할 것을 결의했다. 전주지회는

전주시민회와 장기
완 교수와 함께 전
주시청을 방문해 시
의원 등을 면담했으
며, 익산지회는 이
홍수 교수를 중심으
로 익산참여연대와

▲ 건치 학생 여름 한마당

함께, 군산지회는 참여자치군산시민연대와 함께 지회가 주축이 돼 사
업을 전개해 나갔다.

　2004년부터 2007년까지 전북건치는 지부를 유지해 온 역사적 맥락
을 계승하면서도 새로운 틀을 만들어 내는 것을 목표로 삼고, 침체한
지부활동에 활력을 일으키기 위해 애썼다. 지역 개원의들과의 유대관
계를 돈독히 하기 위해 임상강좌를 열고, 자림원, 송천중학교 등으로
함께 자원활동을 나가고, 2006년에는 한미FTA에 관한 세미나, 문화
기획 등을 진행했다.

▲ 2009년 전북건치 창립 20주년 기념식

　특히, 2003년엔
'자원활동'의 의의
와 건치 내에서의
역할을 고민하면서
기존에 진료봉사
단체를 돌아보고,

전북지역의 의료소외 지역을 발굴해 그 빈틈을 채워가는 일을 고민하고, 장기적인 관점에서의 진료와 이를 국가의료체계 속으로 편입시키는 일에 대한 방법들을 모색했다.

또 2007년에는 건치 중앙에서 시작한 GD 프로젝트 모임을 결성하고, 20명의 멤버가 정기적으로 만나 각자 치과의 애로사항, 현황을 공유하고 '평생 건강의 동반자로 가는 진료이념'에 맞춘 변화상을 토론했다.

내실 기하며 재도약 때 기다린다

전북건치는 2005년부터 시작된 전북건치 OB 회원들의 복귀에 힘입어 전북건치 탄생 20주년인 2009년을 즈음하여 '재도약'의 발판을 마련한다. 전북건치는 지역 내에서 작지만 강한 공동체, 전문가 집단으로서의 위상제고, 지부 활성화를 위해 폴 파머의 저서 《Infection and Inequality(감염과 불평등)》를 번역·출판 사업을 벌인다.

번역사업 추진위 공동대표로 당시 전북건치 정연호 회장과 원광대 오효원 교수를 추대하고, 사업추진 실무는 이성오 회원이 맡아 진행

▲《감염과 불평등》출판 기념회

했다. 번역작업에는 정연호, 오효원, 이성오, 송정록, 권기탁, 김현철, 한지혜, 박상수, 이준용, 권병우 회원 등 10여 명이 참여했

다. 2년 반의 작업 끝에 2011년에는 《감염과 불평등》 출판 기념회를 하는 등 결실을 보았다.

이외에도 가족동반 야유회, 故 박동준 선생 10주기 기념식, 건치 여름한마당, 임상사업을 개최했으며, 지부 소식지 《담쟁이》

▲ 가족 야유회

발간, 불교미술 읽기 강좌 등 회원을 대상으로 한 인문학 강좌를 꾸준히 열었다. 아울러 2012년에는 가족 야유회의 확장판으로 아이들과의 추억을 쌓는 '아빠와의 여행'을 기획, 절찬리에 진행했다.

▲ 베트남평화의료연대 참여

또 전북건치는 베트남평화의료연대(이하 평연) 사업에 매년 적극적으로 참여하고 있다. 특히 송정록 회원이 평연 9기 단장, 대표를 역임했으며, 이성오 회원도 총무이사를 맡는 등 광전 건치와 함께 평연을 움직이는 맏형 역할을 든든히 하고 있다.

"전북건치, 청년 시절을 일깨우는 곳"

전북건치의 현재 진단 및 미래

안은선

전북건치 기획 시리즈 마지막은, 지부의 현재를 진단하고 미래를 모습을 그려보는 간담회로 마련했다.

전북건치는 소수정예로 지금까지 '건강사회를 위한' 치과의사의 정체성을 가지고 지역에 뿌리내리기 위해 계속해서 새로운 시도를 해 왔다.

최근에는 '자유'를 모토로 '생활 공동체'로 모임을 규정했다. 그래서 그런지 회원 간 유대감은 가족 못지않다. 회원들은 각자 표현은 다르지만 전북건치에 대한 진한 애정을 표현했다. '리셋버튼'처럼 청년 시절을 잃어버리지 않도록 하는 곳, '은퇴 후에도' 함께 할 공동체 등 시대가 변해도 변하지 않는 가치를 가진 모임이 될 것이란 게 이날 모인 회원들의 생각.

▲ 전북건치 회원 일동

이날 전북건치의 현재와 미래를 논하는 자리에는, 김현철 회장을 비롯해 이성오·권기탁·송정록·위유성·이준용·권병오 회원 등이 참여했다.

전북건치의 구성원은 초창기부터 2000년대 초반까지는 공보의가 주를 이뤘다. 공보의 때는 전북건치를 하다가 개원 후 광전 건치로 편입(?)하는 회원도 있었다. 그런 시절을 거쳐 현재는 전북지역에 정착한 개원의들을 중심으로 전북건치가 운영되고 있다.

특히, 비슷한 시기에 학생운동을 하면서 만난 전북대와 원광대 출신이 절대다수를 차지하고 있어 그 어느 지부보다 찰진 끈끈함이 느껴진다. 김현철 회장은 "그래서 그런지 전북건치에는 돌아온 '탕아'들이 많다"면서 "전북건치를 지키기 위해 남아있는 사람들이 그야말로 악전고투를 해 온 결과"라고 말했다.

이성오 회원은 "홈커밍데이처럼 OB 멤버들과 어울릴 수 있는 자리도 많이 만들었다. 버스를 대절해 회원가족 여행도 가고, 2014년부터는 '아빠와의 여행'을 기획해 건치 버전 '아빠 어디가?'를 진행했었다"며 회원 간 인연의 끈을 이어가기 위한 노력을 밝혔다.

젊은 회원은 비록 없지만(!) 꾸준히 전북건치로 복귀하는 OB 멤버들도 나오는 등 역전의 용사들이 다시 전북건치로 복귀하고 다양한 회원 사업을 통해 제2의 전성기로 나아가려는 시도가 계속되고 있다.

반면, 계속해서 약화 돼가는 전북지역 시민사회·보건의료 단체와의 연대에 대해서 아쉬움의 목소리도 나왔다.

김현철 회장은 "2000년 들어서면서 시작한 자립원 자원봉사는 일부러 건치회원이 아닌 사람을 단장으로 세워 시작해 지금까지 꾸준히 해

▲ 김현철 회장

왔다. 송천중학교 사업도 마찬가지였다"면서 "그러나 지역과의 연대사업으로는 수불사업이 유일했고, 전북 인의협, 건약, 청한 등 보건의료단체와의 연대사업을 만들어내지 못한 게 아쉽다"고 밝혔다.

송정록 회원도 "전북지역에서 시민단체 활동도 많이 약화가 됐기 때문에 현재 전북건치 자체만으로 사업하기가 힘든 실정인 것 같다"고 덧붙였다.

대중조직으로 시작, 이젠 대중으로 살아가야

미래의 전북건치의 모습에 대해 회원들은 발전적 해체(!)를 생각하고 있었다. 김현철 회장은 "몇 십 년 뒤에도 건치와 같은 진보단체가 활동해야 하는 사회는 암담한 사회일 것"이라며 "건치가 할 일이 점차 줄어드는 사회가 됐으면 한다"고 말했다.

▲ 권기탁 회원

권기탁 회원도 대중 속에서 하나의 대중으로서 존재하는 것이 전북건치의 발전 방향이라고 말했다. 권 회원은 "전주시치과의사회 임원단을 건치 출신들이 장악(?)해 가고, 다른 지역에서도 건치 회원들이 지역 치과의사회에 참여하는 비율이 늘어나는 게 그 예"라면서 "건치가 치과계 내에서 진보적 관점에서의 갖는 정체성은 이제 사라질 때가 됐다"고 밝혔다.

이어 권 회원은 "정책집단으로서의 건치, 치과·보건의료 전반에 대한 개선을 생각하는 것이 현실적인 위치가 아닌가 생각한다"도 덧붙였다.

이성오 회원은 "지금은 아이들도 어리고 한참 벌어야 하는 시기지만, 10년 뒤엔 다들 그런 부분에서 많이 해소가 될 것"이라면서 "전북건치를 지켜온 회원들의 의리, 동지애를 바탕으로 각자의 재주를 가지고 새로운 모습으로 만났으면 좋겠다"고 말했다.

▲ 이성오 회원

복귀 회원 힘 받아 지역과 연대할 것

이준용 회원은 "지난 대선 때의 충격으로 일부러 정치적 관심을 끊고 일상에 매몰돼 살았었다. 그런데 건치 모임에 나와 굳이 그런 얘길 하지 않더라도 그때의 치열한 사람들의 얼굴을 보는 것만으로도 많은 위로가 됐다"며 공동체로서의 전북건치에 대한 애정을 드러냈다.

권기탁 회원은 "오랜 시기 동안 건치 모임은 제1번이었다. 마치 나의

배경과 같은 것이다"라며 "건치의 힘이 뭐냐고 묻는다면, 삶의 갈림길
에서 자신의 위치를 찾게 해주는 곳이란 거다. 다시 복귀하는 선배님
도 있고, 다시 조직을 활성화하려는 시기인 만큼 책임감을 가지고 모
임에 임해야겠단 생각이 든다"라고 말했다.

 전북건치의 오래된 신입 회원(!)인 위유성 회원은 전북건치에 대한
바람을 드러냈다. 위 회원은 "가입하기 전부터 건강사회를 위한 치과
의사회라는 이름 자체가 매우 좋았다. 그 이유를 생각해 보면 치과의
사로서의 삶뿐 아니라 사회를 위해 목소리를 내기 때문이었다"라며
"앞으로는 지역과의 연대사업을 통해 건강사회를 위한 목소리를 보탰
으면 한다"고 말했다.

"세상 속 건치의 역할, 반드시 있다"

대충지부의 시선으로 본 건치의 방향성

이상미

건치 대전·충남지
부(이하 대충건치)는
10명에 불과한, 작
은 규모의 지부다.
하지만 각각의 회원
들이 활동가로 움
직이면서 대전지역
시민사회 운동의

▲ 대충건치 회원 일동

물적·인적 토대를 다지는 중요한 역할을 해내왔다.

보건의료 활동보다 시민사회 활동에 방점을 찍어온 것은 대충건치만의 특성이다. 참여연대, 환경연합 등 그간 익히 들어온 단체들의 태동이 대충건치 회원들의 활동에서 이뤄진 바 있다.

이 과정에서 대충건치는 보건의료 운동을 하는 치과계 후배보다 대중 기반의 시민운동을 하는 활동가 후배들을 더 많이 키워내기도 했다. "우리는 100명도 넘는 시민단체 후배를 만든 거잖아. 그러면 성공한 거지"라는 신명식 회원의 말에는 그간 활동에 대한 자부심이 담겨있다.

대충건치 회원들에게 건치가 갖는 의미, 그들의 관점에서 비치는 건치의 미래를 가늠하고자 대화의 장이 마련됐다. 대화 자리에는 김형돈 회장을 비롯해 신명식, 윤종삼, 고병년, 서성구, 임동진 회원, 건치 정진미 사무차장이 함께했다.

시민사회 단체의 시작점에 함께 하다

"대충건치는 위축된 적이 없다. 처음부터 회원 수가 적었으니까"

조직 규모는 작지만, 활동력은 왕성한 곳이 대충건치다. 대충건치 태동기 무렵, 회원들은 당시 사회 전반에 걸친 시대적 요구에 응하며 민주화 운동을 전개했다. 또한, 대충건치는 활동 초기부터 지역사회와 결합해 대전 시민사회 운동의 시작에 깊이 관여했다.

김형돈 대충건치의 전신인 청년치과의사회가 결성될 당시, 1988년 문송면 수은중독 사건 등 사회 곳곳에서 여러 일이 벌어지고 있었다. 대전 지역에 있던 우리도 사회를 위해 뭔가 해야겠다는 생각에 건치를 조직했다. 김주환 회원과 서성구 회원, 여기에 행동대장 역할을 맡은 신명식 회원과 내가 결합했다.

당시 대전지역 분위기가 보수적이었지만 주변 인맥으로 알음알음 건치에 참여할 사람들을 모았다. 한 달에 한 번 6~8페이지짜리 회지를 만들어 치과의사들에게 보내기도 했다. 서성구 회원과 김주환 회원, 그리고 나까지 셋이 모여 독서 세미나도 진행했다. 필요하다 싶은 사회과학 서적이 있으면 같이 읽고, 술 마시면서 많은 이야기를 나눴다.

신명식 대충건치는 지역사회 운동과 매우 빨리 결합했다. 1989년 평택 미군기지가 대전으로 이전한다는 말이 나오면서 이전 반대를 위한 대책위원회가 조직됐는데, 이때 대전 시민사회 운동의 진행 양상이 달라졌다. 소위 운동권들만 참여하던 방식에서 변호사, 교수, 종교인 등 중간층의 사람들

▲ 신명식 회원

이 모여든 거다. 돈 낼 수 있는 사람들이 많으니 모임이 잘 될 수밖에(웃음). 결국, 시민단체와 주민들의 반대에 부딪혀 미군기지 이전이 무산되면서 우리는 성공한 운동이 된 거다.

대책위원회 모임을 계기로 '올바른 지방자치제도를 위한 시민모임' 등 여러 모임이 생겨났고, 이러한 움직임들이 나중에 참여연대와 환경연합, 녹색연합 등 대전의 주요 시민단체 태동에 기여하게 된다.

윤종삼 대충건치가 시민사회와 결합했던 것은 적은 회원 수 때문에 건치 자체로 활동하는 데 무리가 있었기 때문이다. 나만 해도 건치에 처음 왔을 때 자꾸 외부 시민단체로 파견(!)을 보내더라. 농민회, 의료보험 노조, 보건의료 노조, 보건의료 단체 등 여러 곳을 갔다. 보건의료 관련 그룹들이 모여 조직된 의료보험 공동대책위원회에 참석하기도 했다. 그러다가 각 시민단체에서 활동하던 대충건치 구성원들이 때 되면 전부 모여 회의를 하는 식이었다. 각자 대전의 핵심단체에서 장을 맡아 활동하고 있었기 때문에 그에 대한 활동내용이 공유됐다.

지역 시민운동의 토대를 만든 힘

대충건치의 보건의료 사업 비중은 여타 건치 지부의 활동과 비교했을 때 꽤 낮은 편이다. 정체성은 의료인이지만 정작 오래 함께 해온 건 시민사회인 셈. 그 과정에서 대충건치는 활동가들의 물적 토대와 인력을 지원하는 중요한 역할을 해냈다.

김형돈 대충건치는 의료인들이 모였음에도 보건의료 쪽 활동을 잘 안 한다. 건치 중앙이나 건치신문 입장에서는 치과 관련 사업을 안

하니 재미가 없을 수 있다. 물론 건강 사회를 위한 약사회, 청년한의사회 등 연대활동을 할 보건의료 단체가 대전에도 있지만 나이 차 때문에 공감대가 달랐다. 지금 보건의료 운동 쪽은 대충건치에서 10년 넘게 막내 역할을 하는 임동진 회원만 참여하고 있다.

▲ 김형돈 회장

대충건치는 보건의료 쪽 활동 대신 대전 시민운동을 조직할 때 앞장서 의사, 한의사, 약사, 변호사들의 돈을 다 걷었다. 그 돈으로 지역 시민운동의 물적 토대를 만들었고, 그게 대전 시민운동의 포인트였다고 본다.

윤종삼 회원들 대부분이 시민단체 이곳저곳에 이름을 걸치고 다니는 일인다역이었다. 1년의 대부분을 밖으로 돌아다녔다. 주중에는 회의를 쫓아다니느라 집에 잘 못 들어가니까 주말만큼은 가족들과 함께 하려고 노력했다.

대충건치가 말하는 '건치의 지향성'

대충건치 회원들에게 앞으로 건치가 지향해야 할 방향성에 관해 물었다. 그간 보건의료 운동보다는 시민사회 운동에 매진해왔기 때문일까? 대충건치가 말하는 건치의 지향점에는 치과계에 대한 내외부적인 시선이 동시에 녹아 있었다. 지향점에 대한 의견 중에는 건치의 현 상황에 대한 반성도 포함됐다. 그럼에도 건치의 역할이 꼭 필요하다는 점에는 회원 모두 공감하는 분위기였다.

신명식 건치가 '치과의사 조직'과 '운동권 조직', 두 지향점 중 하나를 선택해야 하는 시점이라고 생각한다. 뭐든 다 할 수 있는 마이더스의 손은 없다. 1980년대 후반 건치가 처음 만들어질 때 당시 우리가 희망했던 것과 지금의 상황은 다르다. 건치가 치과계 쪽 목소리를 내는 조직으로 선회해야 한다는 게 내 생각이다. 사회운동적 측면으로 볼 때 건치 사람들에게 쁘띠 부르주아 성향이 일상화된 점도 있다고 본다. 치과의사 조직으로 정체성을 규정한다고 해서 운동성이 떨어지지 않는다. 임상에서 체감해보니 진료 수준은 높아지는데 충치는 더 생기고 있더라. 건치가 이런 상황에 주목하고 연구를 수행한다면 충분히 성과를 거둘 수 있을 것이다. 현시점에서 의료의 사회적 공공성이 확보되지 않았기 때문에 제도상에서 공공성이 확보돼야 한다. 건치가 치과계 내부로 운동방향을 선회해 이 부분을 견인해야 할 것이다.

임동진 선배들 연배는 학교 안에서 사회운동에 대해 어느 정도 인지하고 나온 세대다. 하지만 지금 세대는 학교에서 사회운동에 대해 인식할 기회 없이 사회로 나온다. 그런 친구들이 건치에 대해 인식하려면 치과계 내부와 관련된 운동을 하는 과정에서 사회에 대해 느껴보고, 그다음 시민운동의 주체로 변환되는 절차를 밟아야 한다고 본다. 건치가 없어지면 치과의사들이 시민사회 운동을 접할 방법이 없다. 그래서 이 부분에서 건치의 역할이 중요하다고 느낀다.

▲ 임동진 회원

다만 치과계 내부로 운동방향을 선회한다고 해서 상수도불소화 사업처럼 수돗물에 불소를 넣는지 아닌지를 논하자는 게 아니다. 주변 사람들과 치과계 내부운동, 사회운동에 관해 이야기하는 게 건치의 역할이어야 한다. 치과의사들의 모임이기 때문에 치과의사들 삶의 문제도 말해야 할 테고, 치과 진료상에서의 의료보험 보장성 확대 등은 치과인 밖에 모르는 부분이니 건치가 나서야 한다. 나아가 예전에 진보 쪽에서 제기했던 '무상급식' 의제를 최근 보수에서 수용하듯, 10년이 지나도 진영을 넘나들며 논의되는 의제를 건치가 던져줄 수 있어야 할 것이다.

인천건치 김광진 회장

지부창립 20여 년의 시간이 흘렀다. 사회의 민주화를 염원하며 태동하였던 인천지부가 지역사회와 함께 호흡하며 지금의 자랑스러운 모습으로 자리 잡아오게 되었다. 우리 활동의 저변은 꾸준히 확대되었으나 우리가 보여온 역량만큼의 성원의 확충 면에서는 아쉬움과 걱정을 함께 가지고 있다. 좀 더 명확한 내부진단을 통해 현재 우리가 처한 상황을 정확히 인지하고 미래에 대해 준비를 해야 할 때이다. 앞으로의 건치의 가치를 숙고해야 할 때이다.

인천건치, 참의료 실현을 통해 이룬 결속력

인천건치가 태동하던 무렵 소수정예가 보여준 힘

이상미

이번에 소개할 건치 지부는 지역연대 및 강한 지부 결속력이 강점인 건치 인천지부(이하 인천건치)다. 인천건치는 그간 인천 지역 시민사회 운동과 밀접하게 결합해 왔으며, 건치 중앙 집행부 활동에서도 중추적 역할을 해온 바 있다. 왕성한 활동력으로 주목받는 인천건치는 어떤 성장 과정을 거쳤을까? 태동부터 현재의 모습으로 성장하기까지 인천건치의 궤적을 살펴본다.

태동기 인천건치의 '남다른 활동력'

인천건치는 지역 시민사회단체 간 연대를 주도해왔으며, 건치 중앙에서의 역할수행 등 중요 활약상을 보여준 지부로 손꼽힌다. 이 같은 성장에는 1990년 지역 치과의사들의 친목모임 시절부터 보여준 특유의 결속력과 실행력이 큰 몫을 차지했다.

운동권 활동이라는 공통의 경험을 공유한 치과의사들인 만큼 참의료에 대한 생각과 사회를 바라보는 시선이 잘 맞았을 터. 이들은 모임을 거듭하면서 의료인으로서 사회에 기여하는 외부 활동을 모색하기에 이른다.

지회 직전 모임 단계서부터 인천건치는 대규모 노동조합이 있는 사업장을 찾아가 무료 구강검진을 진행했다. 소수정예로 보여준 남다른 행보였다. 이때를 계기로 인천 지역에 있는 노동자들, 여기에 비영리 어린이집에 있는 노동자 자녀 및 기타 소외계층들이 인천건치 회원들의 의료 활동에 있어 주 대상으로 자리 잡기 시작했다.

당시 외래진료 도구가 마땅치 않았던 상황임을 고려하면 시도 자체로 매우 획기적인 사업이었다. 구강상태를 점검하고 치료방안을 제시한 것만으로 노동자들의 구강건강 개선에 많은 도움이 된 것. 이후 노동자 구강 진료는 이주 노동자들을 대상으로 확대돼 '건강센터 희망세상' 진료사업으로 발전하게 된다.

이 같은 현장 경험을 바탕으로 조직이 성장하던 차, 1994년에는 10여 명의 회원이 모여 '건치 인천지회'가 설립됐다. 이때 초대 지회장으로 김유성 회원이 선출되면서 본격적인 활동이 전개됐으며, 이후 지속해서 인천건치 활동을 눈여겨보던 건치중앙의 심사를 거쳐 '인천지회'에서 '인천지부'로 승격됐다. 초대 지부장으로는 직전 지회장이었던 이원준 회원이 선출됐다.

산업구강보건연구원과 인천 산업사회 보건 연구회 등 지역의 다양한 사회단체와 함께 구강보건 및 사회활동을 지속한 끝에 맺어진 결실이었다.

지역 소외계층 및 사회단체와의 연대

인천건치와 인천 지역민들은 인천건치 태동기 때부터 강하게 결합했다. 특히 태동기 인천건치의 주요 활동이 노동자 문제나 저소득층 아동 등 지역 소외계층의 구강건강 문제에 집중했던 터라 더욱 그러했다.

공장지대가 많은 인천 지역의 특성상 맞벌이 부부나 노동운동하는 부모를 둔 아이들의 비영리 공부방이 곳곳에서 생겼다. 인천건치 회원들은 아이들을 대상으로 구강상식 및 구강건강 교육을 시행하는 등 다양한 형태의 구강 예방교육에 주력했다.

현장 진료 외에 데이터 수집 및 분석 등 자료 해석에 뛰어난 치과의사로서의 역량을 발휘한 사업도 있었다. 산업구강보건협의회와 협력해 노동계층의 치과 쪽 산재 인정을 위한 기초자료를 수집하고 검찰 측에 통계 데이터를 넘겨주기도 했다. 이처럼 인천건치는 구강보건 분야의 복지 수립을 위한 활동을 다각도로 진행했다.

인천 시민들과 함께한 '수불사업'

지역민과 함께한 인천건치의 연대는 인천을 기반으로 활동하는 여러 시민단체로까지 확대됐다.

특히 시민단체와의 연대는 수돗물불소화 사업(이하 수불사업)을 진행하

▲ 인천시의회청사 앞에서 '인천불소시민모임' 소속 단체 회원들과 농성 중인 인천건치 회원들

는 과정에서 활발히 이뤄졌다. 인천건치를 중심으로 평화와 참여로 가는 인천연대(현, 인천평화복지연대), 인천사회복지보건연대(현, 인천평화복지연대) 등이 모여 인천 시민들의 서명운동을 진행하는 등 사회단체와 연계해 더욱 조직적인 시민활동을 전개해나갔다.

현시점에서 수불사업은 지방 행정부와 갈등 끝에 다시 지역민 투표를 시행하는 등 난항을 겪는 중이다. 하지만 수불사업 진행 과정에서 인천건치가 보여준 행정력 및 조직력은 인천 시민사회에서 값진 성과로 기억되고 있다.

건치 중앙의 '킹메이커'

역대 건치 중앙 공동대표들의 이름을 언급할 때 인천건치 회원들의

이름을 빼놓을 수 없다. 공형찬, 고승석, 이원준, 박성표 회원에 이르기까지 건치의 공동대표 중 상당수가 인천건치 출신이니, 이쯤 되면 명실 공히 '킹메이커'라 부를 만하다.

또한, 중앙 집행부 중 주력사업을 총괄하는 사업국장에 인천건치 고영훈 회원이 선출돼 활약하는 등 건치 중앙 집행부에서 인천건치의 역할이 컸다. 서경건치 외 타 지부에서 사업국장을 선출하는 것은 이례적이었기에, 이는 활동가로서의 인천건치 역량을 건치 중앙 집행부에서 인정했음을 뜻하기도 했다.

중앙 집행부 일을 맡았을 때의 인천지부 회원들은 열정적인 자세로 일에 임하는 것으로 정평이 나 있었다. 인천지부 회원들로 구성된 중앙 집행부가 회의를 진행하면 밤 11시 이전에는 끝나지 않는다는 말도 나왔다. 건치 중앙 집행부에서 인천건치 회원들은 '일을 열심히 하는 사람들'로 통했다.

친목도모라면 '인천건치'

영화관람, 인문학 강의, 운동, 임상강의, 기타 동아리 등, 인천건치의 소모임 리스트를 꼽자면 그 면면이 다양하다. 회의에서조차 각 회원의 관심사를 정리 및 공유하는 시간을 갖는 '앞풀이' 등의 재미난 문화가 정착돼 있다. 놀듯이 공부하고, 공부하듯 열심히 놀이하는 과정에서 인천건치 내 소모임 문화가 활성화된 건 당연한 일이었다.

특히 각 지부 중 매주 1회 얼굴을 마주하는 경우가 드문 상황에서,

인천건치는 매주 화요일 저녁에 모임을 하고 회의 및 임상 포럼 등을 진행해 왔다. 서로 자주 보면 그만큼 끈끈함 또한 생기는 법. 인천건치 회원들이 일할 때 보여준 실행

▲ 6.15 공동선언 발표 4돌기념 '우리민족대회 환영식' 및 만찬에서. 오른쪽 맨 끝이 김유성 초대 지회장, 왼쪽 맨 끝이 이원준 초대 지부장이다.

력과 결속력의 원천은 바로 서로 얼굴을 자주 보며 맺어진 끈끈한 정이 아닐까.

'치과의사의 울타리를 넘어 민주시민으로'

Q 초창기 인천건치의 분위기는 어땠나?

A 이원준 회원 수가 적었지만, 덕분에 구성원들끼리 많이 친하게 지낼 수 있었다. 외부사업뿐만 아니라 생활에서도 많은 부분을 함께 했다. 어떤 사업을 하든지 일이라고 하면 다 같이 해나갔다.

A 김유성 인천건치 회원들과 사회활동, 치과 학술 세미나, 취미 동호회

▲ 인천건치 이원준 초대 지부장

등 많은 것을 함께했다. 이 과정에서 회원끼리 만나 결혼하는 일도 있었다. 조남억 회원은 인천건치에서 활동하다가 반려자를 만났다. 그러면서 인천건치 회원들의 반려자 모임이 결성되기도 했다.

Q 지부로 설립된 시기는 언제인가?

A 김유성 1994년 3월에 서경지부 인천지회로 시작했다. 그전에는 소모임 형태로 모여 활동했다. 화요일마다 모여 노는 모임이었다. 전라도 쪽에서 올라온 선생님들이 많았다. 지부로 승격된 시점은 1997년 1월부터인데, 이원준 초대 지부장은 지회 시절 지회장을 맡은 상태에서 연임했다.

Q 타 지역과 다른 인천건치 구성원들의 특징이 있다면?

A 이원준 대학병원의 치과의사들은 근무지 변동이 있어 긴 호흡으로 함께하기가 쉽지 않은데, 인천에는 치과대학이 없다. 때문에 인천건치 회원들은 100% 개원의다. 회원들이 지역 이탈 없이 오랜 세월 함께한 것이 인천건치만의 끈끈함을 지켜준 비결이었다.

A 김유성 인천건치 회원 중에 전라도 쪽에서 올라온 사람들이 많다. 회원들이 모였을 때 광전지부와 비슷한 분위기로 느껴질 수 있을 것 같다.

Q 인천건치 태동기 회원들의 주요 관심사는 어떤 것들이었나?

A 이원준 노동자 건강, 사회 민주화에 대한 회원들의 관심이 대단히 많았다. 해당 주제와 관련해 지역 혹은 전국 현황이 생길 때 현장과

결합했다.

A 김유성 환경문제 같은 주제에도 관심이 있었던 것 같다. 비영리 공부방 아이들의 부모를 대상으로 일년에 두 번 정도 구강건강 교육을 진행했다.

Q 인천건치의 초창기 성장을 이끈 원동력을 꼽자면 무엇일까?

A 김유성 한쪽 발은 건치에 담그고, 다른 한쪽은 자신이 관심 있는 단체에 담근다. 인천건치 회원들은 건치를 기반으로 다른 시민단체에서도 활동하는 것이다. 그래야 본인 스스로 배우는 게 생기고 지역발전에 기여하게 된다. 인천건치에서는 이를 '1인 2단체' 운동이라 불렀다.

▲ 인천건치 김유성 초대 지회장

A 이원준 1인 2단체 운동을 전개했던 건 인천건치 회원들이 치과의사라는 울타리에 머물지 않고 지역에서 민주 시민으로서 지역활동을 하게 하기 위함이었다. 다른 시민단체에서 활동했던 초창기 인천건치 회원들이 그곳에서 주요 역할을 하고 있으니, 오늘날 이 모든 게 인천건치의 큰 자산이라고 생각한다.

Q 치과의사의 울타리를 넘어 민주시민으로써 인천건치가 했던 일 중 기억나는 에피소드가 있는지 궁금하다.

A 김유성 5.18 특별법 서명운동 때 일이다. 전 국민적 관심사였던 만

큼 치과의사들도 이 서명에 참여했는데, 이때 인천지역 치과의사들을 대상으로 한 서명운동을 인천건치에서 주도했다. 치과의사들은 보수 성향과 진보 성향이 다양하게 섞여 있는 집단인데, 서명운동하던 당시는 진보적인 치과의사들이 많았던 것 같다.

이때 상당히 많은 수의 치과의사가 서명했다. 국가정보원에서 인천시치과의사회에 전화해 항의한 적도 있다. "인천시치과의사회에서 서명을 진행한 게 아니라면 이렇게 많은 수의 치과의사들이 서명할 리 없지 않냐"라고 했다더라(웃음).

인천 보건의료 지킴이, 우리가 한다!

'지역사회 건강 공동체'로서 보여준 인천건치의 활약상

이상미/디자인 이상미

현재까지 이어지는 인천건치 사업은 ◇ 이주노동자 진료 ◇ 사회단체 연대사업 ◇ 의료민영화 반대 ◇ 구강보건 사업 ◇ 지역아동센터 결연사업 등 총 다섯 가지 주제로 나뉜다. 해당 사업의 면면에서 참의료 실천의 길을 걸어온 인천건치의 현재 모습을 살펴볼 수 있다.

이주노동자 건강센터 '희망세상'

본 사업은 인천건치가 이주 노동자의 구강건강 보호에 초점을 둔 사업이다. 이주 노동자 진료 사업 지원을 위한 '희망세상 후원의 밤', 진료 팀의 소통과 친목도모를 다지는 '희망세상 호프데이' 등이 있다. 현재 진료 기구 보완 및 비건치 회원 참여 비중을 높이면서 추후 사업확장을 모색 중이다.

사회단체 협력 구축 '연대 사업'

쌍용자동차 와락 진료는 인천건치 회원들이 치과의사로서 사회 이슈와 연대하겠다는 열의를 보여준 사업이다. 또한, 인천건치는 평양 겨레하나 치과병원 건립 등 대북지원 쪽에도 심혈을 기울였다. 대북사업의 경우 정부 정책의 여파로 사업진척이 원활하지 않아 아쉬움이 남는다. 이밖에 치과 주치의 사업 등 인천 지역의 기타 사회단체들과 협력 관계를 구축하며 사업을 진행 중이다.

정부 의료정책 대응 '의료 민영화 반대'

의료 민영화 반대는 인천건치뿐만 아니라 건치 전체의 중요 사업 중 하나로 꼽힌다. 국민건강 수호를 위한 중요 과제로, 인천건치는 의료민영화 반대 콘서트 후원 및 영리병원 대책회의, 민영화 저지 서명운동 등 대중의 관심을 촉구하면서 실질적인 대응 방안을 모색 중이다.

공공 구강보건의료 '수돗물 불소농도 조정사업'

수돗물 불소농도 조정사업(이하 수불사업)은 인천건치에서 오랫동안 진행해온 사업이다. 주민 여론조사 시행 및 지방정부 차원에서의 청원, 여기에 대외 활동까지 다양한 활동을 펼쳐 왔다. 최근에는 지방정부 교체로 사업 진척에 어려움을 겪는 상황이다. 수불사업은 인천건치 초기 회원들이 회원활동의 활력소로 꼽은 바 있다.

지역 아동센터 결연사업 '틔움과 키움'

치과에서 수거된 폐금붙이를 모아 지역아동센터 무료 치과 진료에 활용하는 사업이다. 이는 부모의 소득 수준에 따라 아이들의 구강건강이 위협받은 것을 방지하기 위한 것. 아이들의 구강건강을 책임지는 지역 아동센터 교사들을 대상으로 하는 구강건강 교육 또한 활발히 진행 중이다.

♀ 한 눈에 보는 **인천건치의 오늘**

이주노동자 건강센터 '**희망세상**'

		한줄 코멘트
이주노동자 종합검진 및 독감예방 접종 인천지역 의료 사회단체와 이주 노동자 구강건강에 주력		"이주 노동자 진료 관련해서는 의료단체 및 노동자 관련 인권센터와 연계한 네트워킹이 하나의 팀으로 묶여 활성화돼 있다."
희망세상 후원의 밤 건치 비회원에게 희망세상 사업 취지를 설명하고 후원을 얻고자 노력	**희망세상 호프데이** 진료팀 간의 소통과 친목 도모를 위한 모임	
사업평가 "진료기구 보완 및 비건치 회원인 일반 치과의사들의 동참을 유도해야. '소통 폭이 넓은 건치'로 발돋움 중."		인천건치 김광진 회장

사회 단체들과 협력 구축 '연대사업'

어린이 건강축제		한줄 코멘트
어린이 건강축제, 쌍용 자동차 '와락진료'		"남북관계 경색으로 대북사업의 추진력이 약해졌다. 아쉬움이 남는다."
대북지원	**치과 주치의 사업**	
평양 겨레하나 치과병원 개원, 개성공단 진료, 남북 치의학 교류	인천 남동구 치과 주치의제 간담회	
사업평가		인천건치
"치과 주치의 사업은 모범적으로 시행 중"		조인규 실장

정부 의료정책 대응 '의료민영화 반대'

의료민영화 반대 콘서트 참여		한줄 코멘트
인천건치 회원들의 후원 및 참여로 행사 진행		"건치의 일원으로서 의료계 이슈에 관심을 갖고 적극적으로 사회를 바꿔가는 행동에 대해 고민하는 구조가 정립돼 있다"
영리병원 대책회의	**민영화 저지 서명운동**	
의료민영화와 송도영리병원 추진에 대한 대응방안 논의 및 추후 노력 결의	의료민영화 저지를 위한 100만 서명운동	
사업평가		인천건치
"치과의원과 빠르게 연계해 환자들에게 양질의 진료를 제공할 수 있었다"		고승석 회원

공공 구강보건 의료 '수돗물 불소농도 조정사업'

여론투표
수불사업 시행 주민여론조사 재실시 주문
찬성의견이 반대의견보다 20% 이상 높게 나온 것으로 알려져 있음

사업 필요성 역성
시장, 시의원 청원, 후보 질의서 발송

홍보활동
회원들 개인 이름으로 사업 광고를 인천지역 신문에 게재, 유인물 홍보

사업평가
"조속한 사업진행을 위한 공론화 과정 진행 중"

한줄 코멘트

"인천 내 여러 단체와 활성화시킨 사업, 인천건치 내부에서도 재미있어 하던 사업이었다"

인천건치
김유성 회원

지역아동센터 결연사업 '틔움과 키움'

구강 보건
인천지부에서 연1회 구강검진 및 치료/결연결과 통계 데이터 수집

건강 지원
아동 건강교육
인천시약사회의 의약품 지원

문화 지원
문화로 가게 운영
기타 문화활동 지원

사업평가
"교사의 구강건강 의식을 높이기 위해 지역 아동센터 교사 대상 교육에 주력 중이다"

한줄 코멘트

"조직 운영 면에서 일회성 사업으로 끝나지 않고 타 단체와 지역 네트워크가 만들어지는 구조로 돼 있다"

인천건치
정갑천 회원

"지역과 연대하는 스페셜리스트로 거듭나길"
인천건치의 현재와 미래를 바라본다

이상미

인천건치가 시작된 지도 어느덧 20년을 넘어섰다. 이처럼 한 조직이 오랫동안 운영된 데에는 그만큼의 원동력이 있었을 터. 오랜 역사를 자랑하는 조직일수록 그간 달려온 길을 살펴보고 조직의 현황과 미래를 가늠할 필요가 있다.

그간 인천건치는 공장 지역에서 일하는 이주 노동자들을 대상으로 한 '이주 노동자 건강센터 희망세상', 인천주민의 구강건강 향상을 위해 힘써온 '수돗물 불소농도 조정사업', 치과와 지역 아동센터가 결연하고 아이들의 구강 건강을 돌보는 '틔움과 키움' 네트워크 사업 등을 거쳐 오늘날의 모습으로 성장했다.

▲ 간담회에 참석한 인천건치 회원 일동

인천건치는 현재의 한계와 미래 비전에 대한 고민을 동시에 안고 있다. 진행 중인 사업의 현상유지로 생기는 매너리즘, 신규회원 재생산 문제는 인천건치 내부에서 문제의식을 공유하는 부분이다.

건강한 조직은 스스로 성찰할 줄 안다. 그런 점에서 인천건치에는 성장에 안주하지 않고 조직 상황을 진단하는 건강함이 있다. 앞으로 인천건치는 지역 기반으로 보건의료 활동을 지속하는 과정에서 묵묵히, 그러나 천천히 전진하는 인천건치 특유의 방식으로 조직의 미래를 만들어갈 것이다.

인천건치의 현재 및 미래를 진단하는 대화 자리에는 인천건치 김광진 회장과 건치 박성표 공동대표를 비롯해 고영훈, 이현중, 장인호, 공형찬, 고승석, 주재환, 박상태, 정갑천 회원이 참석했다. 회원들은 그간의 인천건치를 성장시킨 강점과 현재의 고민을 논하면서 미래의 인천건치에 대한 모습을 그려봤다.

내실이 탄탄해진 사업들

"우리는 지금 열심히 잘하고 있다. 지역 기반으로 활동해온 여러 성과 덕에 지금까지 해온 사업들이 잘 잡혀 있다. 회원들의 일과 생활 간 균형을 위해 사업 규모를 줄이고 소모임을 활성화하는 과정에서 후배들이 참여할 여지를 높이는 등 여러 노력을 기울이는 중이다."

– 김광진 회장

인천건치의 현재 사업 상황에 관해 묻자 돌아온 김광진 회장의 답이
다. 현재의 인천건치는 사업규모를 확장하기보다는 기존의 사업을 재
정비하는 유지 단계에 있다. 인천건치 태동기부터 회원 한 명이 다른
시민단체 활동에도 참여하는, 이른바 1인 2단체 운동도 결실을 맺어
인천 지역 사회단체 각지에서 인천건치 회원들의 활약이 두드러진다.

이현중 회원의 표현을 빌리자면 "선배들의 직함이 많아 명함을 몇
개씩 마련해야 할" 정도. 장인호 사무국장은 인천사회복지보건연대 대
표를 역임했다가 평화와 참여로 가는 인천연대와 통합해 새로 결성된
인천평화복지연대 공동대표를 맡는 등 인천 지역사회에서 큰 영향력
을 발휘하고 있다.

초기의 인천건치 태동기를 이끌었던 김유성 회원은 인천지역에서 큰
역할을 하는 정론지 '시사인천'의 발행인으로 활약 중이다. 정갑천 회
원 또한 내일을 여는 교실 운영위원장, 평양 겨레하나치과병원사업단
운영위원장, 시사인천 이사, 인천사람과 문화 운영이사, 건강과 나눔
운영이사 등 직함의 면면이 다양하다.

이와 관련해 "시민단체부터 정당에 이르기까지 인천건치와 연결되지
않는 단체가 거의 없다"는 박성표 회원의 발언은 1인 2단체 운동 과정
에서 인천건치가 확보한 조직력과 영향력이 현장에서 어떻게 나타나는
지를 단적으로 설명해준다.

"의료계를 넘어 사회현상에 관심을 두고 사회문제를 바꿔가는 여러
행보를 계속한 덕분에 시민단체와의 협업 과정이 구조적으로 잘 갖춰

져 있다"는 게 정갑천 회원의 설명이다.

또한, 지역사회에서 중장기적으로 활동하면서 참의료실천단, 인천시약사회, 인천평화생협 등 지속해서 함께 하는 외부 단체들이 생겼다. 개원의가 100%인 인천 지역 치과의사들의 특성상 한 지역에서 꾸준히 활동하는 과정에서 중요한 동반자 관계를 맺게 된 것이다.

▲ 정갑천 회원

외부 활동을 열심히 하는 인천건치 회원들이지만, 치과의사로서 자신들의 정체성이 건치에 있음을 잊지 않는다는 점도 오늘날의 인천건치를 있게 한 힘이다.

인천건치 회장과 건치 중앙 공동대표를 맡았던 고승석 회원은 "건치 외에 여러 활동을 하지만 기본은 '건치'다. 치과의사로서 건치의 구성원이라는 생각이 기본 바탕에 있다. 다른 시민단체 활동을 열심히 하는 과정에서 건치 활동을 소홀히 할 수 있지만 되도록 안 그러려고 노력 중"이라며 "매주 화요일 모임을 통해 건치 구성원끼리 많은 이야기를 한다"는 말과 함께 소통의 끈을 단단히 하는 인천건치의 모습을 강조했다.

선배라고 일선에서 물러서지 않고 서로 맡은 일을 솔선수범하는 모습 또한 인천건치의 저력이다. 이현중 회원은 "인천건치 선배들은 뒤로 빠지지 않는다. 일할 때 이미 선봉에 서 있다. 후배인 우리보다 더 많은 일을 한다"며 선배들의 솔선수범하는 자세에 대해 말했다.

장수하는 단체로서의 고민

"회원들의 공통 관심사가 조금씩 달라져 있다. 젊은 회원들은 개원 자체를 고민해야 하는 상황이다 보니 회의에 띄엄띄엄 참여하면서 흐름을 따라가는 데 맥을 못 잡게 된다. 진행 중인 사업 내용을 별도로 설명하는 것에도 한계가 있다. 그 부분에서 젊은 회원들이 부담을 느끼는 것 같다."

- 조인규 실장

인천건치의 현재 고민과 관련해 인천건치를 오랫동안 꾸려온 조인규 실장은 이런 의견을 내놓은 바 있다. 신입 회원 확보 및 기존 젊은 회원들의 참여 저조에 대한 고민은 시민사회 활동을 하는 거의 모든 조직에서 겪는 문제다. 이는 오늘날 인천건치의 고민이기도 하다. 인천건치의 현황에 대한 대화가 오가는 과정에서 자연스럽게 신입 회원 유치 및 기존 젊은 회원에 대한 얘기가 나왔다.

현재의 고민에 관해 묻자 "예전보다 술 먹기가 더 어려워졌다는 점?"이라며 농담을 하던 분위기는 대화를 이어가는 과정에서 사뭇 진지해졌다. 치과대학이 없는 인천 지역의 특성상 인천을 기반으로 활동하는 신규회원을 유치하기는 어려운 상황. 또한, 기존에 가입했던 젊은 회원들의 참여 또한 저조하다 보니 활발하게 참여하는 회원들의 연령대가 점차 높아지는 문제도 있다.

고영훈 회원은 "건치가 고령화된 것에 기인한 측면이 있겠지만, 매너리즘에 빠진 부분이 많다. 그게 사상에서는 진보적이지만 일상에서는 보수적인 모습으로 드러나는 것 같다"며 내부 조직문화에 대해 날카롭게 지적했다.

인천건치에서는 소모임 활성화, 회의 내용 개선 등 신입 회원 유치 및 기존의 젊은 회원들의 참여를 높이고자 노력 중이다. 이 부분은 인천건치의 젊은 피 (!) 주재환 사업국장이 그간 회원 유치 및 젊은 회원들의 참여 활성화를 위해 노력했던 부분에 관해 설명했다.

▲ 주재환 사업국장

"봉사진료 참가자와 만나 회원을 늘리려고 하는 등 여러 시도를 했다. 실질적으로 잘되지 않았다. 사실 요즘 불경기지 않나. 신규회원이 유입되지 않다 보니 사업에서 일하는 회원들의 연령이 회장보다 많아지는 역전 현상이 일어나 있다. 선배들이 어느 정도 감수하고 있지만, 시간이 지남에 따라 문제가 될 것이다. 덧붙여 이런 것에 대해 고민하는 점은 매너리즘에 빠지지 않았다고 생각하는 부분이다."

– 주재환 사업국장

인천건치에서 열성적으로 활동하는 젊은 회원 중 한 명인 이현중 회원은 회원 유입과 관련해 다른 관점의 의견을 제시했다. 현재로써는 신규회원이 들어오기 어려운 상황이며, 건치 내부에서 젊은 층과 치과계의 현실을 함께 고민해야 한다는 의견을 내놓았다.

"지금껏 인천건치 초기의 신규회원들이 어떻게 유입됐을까? 바로 기존 멤버들의 선후배 관계에서였다. 요즘 새로 들어온 회원들 입장에서는 이미 기존 멤버 간 끈끈한 관계가 있기에 친밀한 관계를 맺고자 할 때 진입 장벽이 높을 수밖에 없다. 이런 분위기에서는 누군가를 데려오기 어렵다. 또한, 새로 들어온 후배들은 치과 이야기를 듣고 싶어 한다. 세상에 대해 고민하느라 우리 안에서 치과에 관해 이야기하는 것을 부끄러워하지는 않는가. 그 친구들 입장에서는 현실적으로 필요한 것은 말하지 않으면서 대의만 논하는 상황이 생긴다."

- 이현중 회원

인천건치, 지역 스페셜리스트로 방향 전환해야

현재 상황을 바탕으로 10년 후의 인천건치가 어떤 모습일지 묻는 말에, 회원들은 각자의 의견을 털어놨다. '유지' 내지는 '약간 쇠퇴'에 대한 견해가 주를 이뤘다. 고영훈 회원은 "큰 조직개편이 없다면 큰 변화 또한 없을 것"이라며 "건치 내에서도 일을 열심히 하는 사람과 그렇지 않은 사람의 양극화가 진행될 것"이라는 의견을 내비쳤다.

"70, 80대만 남은 일본 좌익 단체처럼 변하지 않을까 싶다. 젊은 회원들이 말했다시피 세대의 요구가 바뀌었다. 이런 부분에 대응하려면 가족을 대하듯 조직을 위한 관심을 둬야 할 상황이다. 그렇지 않으면 바뀔 수 없다. 앞으로 들어올 후배들을 위해서도 변화가 없으면 안 될 것 같다"는 정갑천 회원의 견해도 있었다.

지역활동에 특화된 스페셜리스트로서 인천건치의 모습을 재정의하자는 의견도 있었다. 앞으로의 인천건치가 거듭나야 할 모습에 대해, 이현중 회원은 인천건치 회원들의 역량을 분배해 활용하는 방식을 제안했다. 인천 지역사회에 뿌리내리는 과정에서 일의 범위가 너무 넓어진 현 상황에 대한 해결책이기도

▲ 이현중 회원

했다. 이현중 회원은 안정기에 접어든 인천건치가 새롭게 태어나기 위해 많은 노력을 기울여야 함을 강조했다.

"사회 정의상 옳다고 생각하는 모든 일에 달려가는 '포털'이 될 것인가, 100의 역량이 있다면 이것을 적절하게 분배하는 '스페셜리스트'가 될 것인가. 이제는 가진 역량을 어떻게 나눠 쓸 것인지 고민해야 한다. 제가 보는 안정기 및 정체기는 군살이 붙은 상황인데, 이 군살을 빼려면 초창기처럼 다시 힘든 노력을 해야 한다."

- 이현중 회원

"처음에는 인천 치과의사 중 운동권 경험이 있는 사람들이 모임을 활성화했다. 일종의 공통분모가 있었던 셈이다. 운동권 경험이 없는 후배들 입장에서는 건치라는 조직이 명분을 주장하면서 당장 현실적 어려움은 챙겨주지 않는다고 받아들여졌을 것이다. 물론 새로운 세대들도 봉사활동 등의 분야에서는 감성적으로 공통분모를 갖고 있다. 이런 상황에서 건치 활동이 앞으로 계속될지는 잘 모르겠지만, 지역 거점으로 활동하면서 건치 활동을 중점적으로 할 스페셜리스트들이 남지 않을까 싶다."

- 김광진 회장

인천건치는 1990년대 초에 회원들의 친목모임을 시작으로 1991년에 인천지회로 설립되어 매주 화요일 정기모임을 진행해오고 있습니다. 1996년, 드디어 인천지부로 승격되어 20년이 넘도록 인천에서 꾸준히 활동하고 있었습니다. 수돗물불소농도조정사업 시행을 촉구하는 활동을 펼치면서 인천지역의 여러 시민단체와 연대활동을 하게 되었고, 이를 바탕으로 돈독한 관계를 유지하면서 인천지역 시민사회에서도 중요한 임무를 수행하고 있습니다.

지회 모임부터 시작하면 25년의 역사가 흐르는 동안 너무나 많은 회원이 동참해 왔습니다. 그 긴 시간 동안 쉼 없이 열정적으로 활동하는 분도 계시고, 지금은 활동하지 않고 소식도 뜸한 분들도 계십니다. 곁에서 재정적 지원으로 힘을 모아주시는 분들도 계십니다. 모든 시민단체의 당면 과제는 새로운 젊은 회원들의 확대가 이뤄지지 않는다는 것입니다. 저희 인천지부 역시 이 부분이 심각한 고민거리로 남아있습니다. 아직은 연륜 있는 회원들의 노련한 운영으로 회원 부족 문제를 극복하고 있다고 할 수 있습니다. 적은 인원의 회원들이 큰 짐을 짊어지고 있어서 때로는 무리한 짐들을 덜어내고 또는 짐의 부피를 줄여나가면서 살뜰하게 조직을 꾸려나가고 있는 것입니다.

연륜이 쌓이다 보니, 회원 한분 한분이 인천지역에서는 이미 원로나 대표의 위치에서 중요한 역할을 담당하고 있으면서, 동시에 인천건치에서는 평회원으로서 맡은 임무를 수행하고 있습니다. 몇몇 회원들은 여러 개의 단체에서 직책을 맡고 있어서 너무나 많은 일을 감당해야 하는 경우도 많이 있습니다. 이처럼 건치의 활동력이 떨어질 수밖에 없는 상황에서, 새로운 시대와 상황에 맞게 조직의 짜임새를 개편하기 위해 계속 논의와 변화가 이뤄지고 있습니다. 회원 한 사람 한 사람이 모두 한 가지 사업의 주체가 되어 사업을 책임지고 있어서, 모든 회원이 중요한 역할을 하고 있습니다. 중요 사안이 생기면 팀을 구성하여 신속히 대응하고 있습니다.

하지만 회원 관리는 늘 고민의 지점입니다. 현재 활동이 적은 젊은 회원들과 함께할 방안에 대한 고민도 많고 새 회원이 들어오게끔 하는 방안에 대한 고민도 많습니다. 보험강의에 대해 높은 참여에서 보듯 공동의 관심사를 발굴하고 프로그램을 만들어나갈 계획입니다.

인천건치는 매주 화요일 정기모임을 빠짐없이 이어오고 있습니다. 첫째, 셋째 주 모임은 회의로 진행하고 둘째 주 모임은 시사·교양과 임상 등의 다양한 강좌로 진행하고 있습니다. 넷째 주는 동아리 모임으로, 기타동아리와 문화동아리로 나뉘어 진행하고 있습니다. 매월 둘째 주 월례강좌와 넷째 주 동아리 모임은 회원이 아니어도 참여가 자유로운 모임으로 진행되고 있으니, 관심 있는 분야에 대한 주제를 제안해 주시고 함께 참여해 주시면 좋겠습니다.

진료사업은 매주 일요일 진행되는 이주노동자 무료 진료소인 희망세상진료를 중심으로 이뤄지고 있습니다. 2004년에 한국이주노동자인권센터(현 이주인권센터) 내에 치과 진료소를 마련하면서 시작되어 2009년부터는 여러 의료단체가 함께 모여서 이주노동자건강센터 희망세상을 개소하고 치과, 의과, 한방, 물리치료, 약국을 운영하고 있습니다. 심화진료가 필요한 환자는 인천의료원과 건치 회원의 치과 등으로 진료를 의뢰하고 있습니다. 현재, 매주 30여 명의 이주노동자가 내원하고 있으며, 치과는 매주 12명 정도가 진료를 받고 있습니다.

희망세상은 진료소의 역할 뿐만 아니라, 인천지역 의료계의 인적·물적 교류의 장소로도 역할을 하고 있습니다. 지역아동센터 아동들에게 따뜻한 빵을 만들어서 나눠주고 있는 꿈베이커리의 설립도 인적 토대는 희망세상에서 만난 의료인들이었습니다.

인천건치는 '치카푸카대작전', '건강한 겨울나기' 등의 소외계층 진료활동을 진행해오다 소외계층의 구강관리 프로그램에 대한 고민으로 저소득층 아동 치과지원사업인 지역아동센터결연사업을 2006년에 처음으로 시작했고, 2011년부터 중앙의 제안으로 틔움과 키움사업으로 개편하여 예방과 치료, 의약품지원을 진행하고 있습니다.

이러한 활동을 바탕으로 남동구에 아동·청소년치과주치의사업을 제안하여 2012년부터 매년 500명의 저소득층 아동이 치과 진료 지원을 받고 있습니다. 주치의사업이 우리의 역량을 집중시킬 중요한 정책으로 판단하여 남동구에 이어 부평구에도 사업 시행을 제안했으나 여의치 않았던 경험도 있었습니다. 한편, 차기 인천시치과의사회에서 주요 공약 중 하나로 치과주치의사업의 인천 전 지역 확대를 제시하였기에, 향후 인천시치과의사회와의 관계와 건치 역할에 대한 고민도 진행하고 있습니다.

– 조인규

2부

건치
In & Out

"동지애! 연대의식! 동력 얻은 투쟁 현장"

병원인수합병법 저지 투쟁 관련 보건연합 상근활동가 초청 간담회

안은선

4.13 총선의 반전의 여운이 채 가시기도 전인 2016년 4월 29일, "소수당이라 할 수 있는 게 아무것도 없다"며 눈물로 표를 구걸하던 더불어민주당(이하 더민주)이, '의료민영화 저지가 당론'이라던 더민주가 의료민영화의 핵심법안이라 할 수 있는 의료법인의 인수합병 허용을 골자로 하는 의료법 일부개정안(이하 병원인수합병법)[2]을 19대 국회 막바지 보건복지위원회에서 합의해 버렸다.

--------------------o

2 **병의원인수합병법** 대한병원협회가 지난 2006년부터 계속적으로 로비해 온 것으로 알려진 법안이다. 그러나 의료영리화를 가속화한다는 점 때문에 지난 10여 년 간 국회 법안소위를 통과하지 못했으나, 2016년 4월 29일 이 법안이 국회 보건복지위를 통과했다.
이에 보건연합을 비롯한 시민단체들은 즉각 반발에 나서 2016년 5월 12일부터 더불어민주당사를 점거, 병원인수합병법의 철회를 촉구했다. 아울러 여기에 국민여론에 힘입어 마침내 5월 17일 국회 법제사법위원회에서 병원인수합병법안을 삭제하는 쾌거를 거뒀다.

이에 무상의료본부를 비롯한 범시민단체들은 "병원인수합병법안을 즉각 철회하라"며 반발했다. 반면, 더민주는 이번 합의에 대한 공식입장을 밝히는 대신 침묵으로 일관했다.

그러는 동안 범시민단체들은 5월 17일로 예정된 국회 법제사업위원회에서 병원인수합병법을 파기하라며, 5월 2일 기자회견을 시작으로, 1인 시위, 카드뉴스 제작·배포, 대국민 성명전을 진행했다. 보건연합을 비롯한 6개 단체 대표들은 법사위원들을 일일 찾아다니며 설득하기도 했으며, 무상의료본부, 보건연합 소속 회원 및 활동가들은 6일간 더민주 당사 점거 농성을 벌이며 격렬하게 법안 파기를 촉구했다.

이들의 노력이 헛되지 않았음을 증명하듯 결국 국회 법사위에서 병원인수합병법이 삭제되는 쾌거를 이뤘다.

▲ 보건연합 상근 활동가 간담회 (왼쪽부터) 이효직 차장, 윤미현 사무차장, 정진미 차장, 김동경 사무국장, 이수정 기획부장, 김남수 사무차장, 김철신 편집장

건치신문은 같은 해 6월 1일 이번 투쟁의 최전선에서, 짧은 기간 다양한 형태로 법안 폐기를 위해 불철주야 애쓴 건강권실현을 위한 보건의료단체연합 소속 상근활동가들을 초대해, 이번 투쟁의 뒷이야기는 물론 앞으로 보건의료 운동의 전망과 각오를 나누는 시간을 마련했다.

이 자리에는 건치 정진미·이효직 사무차장, 건약 윤미현·김남수 사무차장, 보건연합 이수정 기획부장, 청한 김동경 사무국장이 함께했다. 진행은 건치신문 김철신 편집국장이 맡았다. (이하 직함 생략)

"짧지만, 동지애를 체감한 시간"

김철신 이번 병원인수합병법 저지는, 그동안 보건연합의 축적된 역량을 바탕으로 단시간 내 문제를 제기하고 대책을 세워 압축적인 성과를 거둔 것으로 생각된다. 이번 투쟁의 의미를 짚고, 현장에서의 비하인드 스토리, 나아가 지금까지의 상근활동과 앞으로의 활동에 대해서도 들어보고자 한다. 먼저 병원인수합병법 저지 투쟁에 대한 소회를 밝힌다면?

▲ 정진미 차장

정진미 건치 상근활동가가 된 지 2년이 좀 넘었는데 그동안 오랫동안 활동해 오신 선생님들이 '동지애'니 '연대의식'에 대해 많이 얘기했었고 나는 그걸 듣기만 했었다. 그런데 이번 투쟁은 그 말뜻을 체험하게 해 준 활동이었다. 투쟁의 현장에서 어떤 역할을 했는가 하는 것 보다는 모인 사람들이 하나의 목표에 관해 얘기하고, 또 서로를 걱정해주는 눈빛과 말투가 좋았다. 물론 결과가 좋아서 더 좋았다.

김동경 함께 농성한 분들과도 얘기 나눴었지만, 투쟁이 장기화하지 않고 서로 지치지 않았을 때 마무리가 돼 감사하고 다행이었다. 법사위에서 병원인수합병법이 삭제됐단 소식을 점거농성 중에 들었다. 함께 자축하고 또 앞으로 어떻게 할 것인지 회의하고 의논하면서, '현장감'이란 것을 생생히 느꼈다. 그전까지는 문서로만 의료민영화법의 심각성을 보다가 말이다.

또 짧은 주말 동안에 시민들을 대상으로 카드뉴스도 만들어 배포하고, 서명전도 벌였다. 특히 기억에 남는 것은 1인시위 중에 지나가는 시민들이 병원인수합병에 관해 물어보기도 하고 우리를 보고 엄지를 치켜세우며 응원해 주는 모습이었다. 의료민영화 반대 투쟁의 든든한 지원군을 발견한 기분이었다. 말로만 '국민을 위한'이 아니라 의료민영화의 문제점, 공공의료의 중요성을 더 쉽게 풀어서 시민들에게 다가갈 수 있으면 좋겠다란 생각을 했다.

김남수 전에 활동했던 단체는 주로 노동단체였다. 보건의료운동 단체로 넘어온 지는 이제 1달 정도 됐다. 보통 노동단체에서의 투쟁은 심신이 매우 지칠 뿐 아니라 위험마저 감수해가며 해야 하는 게 많았다. 이번 투쟁에 반나절 정도 결합했었는데, 그 사이에 법안에 제동이 걸린 걸 듣고 놀랐다. 노동운동 단체처럼 격렬하진 않지만, 그 사이에서 끈끈한 유대감 같은 것이 느껴졌다. 이제껏 하지 못한 신선한 경험이라 기분이 무척 좋았다.

김철신 이번 투쟁의 결과는 우연한 일은 아니라고 생각한다. 밖에서 보기엔 너무 쉽게 끝난 것처럼 보여서 '승리의 경험을 주기 위해 더 민주랑 짜고 치는 거 아니냐'라는 우스갯소리까지 나왔다. 하지만 실제로 지난 20여 년간 보건연합 소속 단체들이 보건의료 정책을 제시하고, 시민단체 간의 연대의 틀도 마련하고 투쟁해 왔고 거기에 국회하고도 끊임없이 소통할 수 있는 구조도 갖고 있었기 때문에 가능했다고 본다.

정진미 그렇다. 이번 투쟁 승리의 배경에는 오랜 시간 보건의료 운동에 투신해 온 선배들이 있었기 때문이다.

김철신 지난 2005년경 송도경제자유특구 지정한다고 해서 텐트 치고 농성할 때 어떻게 했는지 모르겠다. 지금은 병원을 비우고 갈 수도 없고…. 그럼에도 상근활동가분들이 있어서 이런 점거 투쟁도 할 수 있었던 것 같다. 아까 여러분들이 말한 것처럼 공동의 주제를 가지고 서로 동지애를 느꼈다는 것이 이번 투쟁의 의미가 아닌가 생각한다. 대규모 집회처럼 일회성으로 그

▲ 김철신 편집장

치는 게 아니라, 상근활동가와 각 단체 회원들 간의 연대가 빛을 발한 것 같다.

윤미현 나도 동의한다. 처음 병원인수합병법 사태(?)가 터졌을 때 이게 과연 이길 수 있는 싸움일까 회의감이 들었다. 총선으로 더민주의 세력이 커졌지만, 새누리당은 20대 국회로 넘어가기 전에 급하게 통과시키려 했기 때문에 더욱 그랬다.

점거 농성 등 다각도에서 회원들이 활약한 덕도 있지만, 더민주가 국민의 뜻에 민감하게 반응할 수밖에 없는 구도였기 때문에, 국민들의 지지가 시너지를 일으킨 게 아닌가 생각도 든다.

활동가와 회원들 간의 팀웍이 빛을 발했던 점거농성

김철신 실제 점거 농성하면서 분위기는 어땠는가?

김동경 사실 첫날(2016년 5월 12일) 더민주 당사로 들어가기 전까지 10시간은 밖에서 시위했었다. 그리고 더민주 당사가 선거사무실로 이용된 곳이라 더민주 관계자들도 거의 없었다. 우리끼리 농담으로 점거 농성인데 우리가 갇힌 게 아니냐는 얘기도 했다. (웃음) 밖에서 시위하면 시민들이 보기라도 하는데….

이수정 점거라고 하지만 실상 (더민주가) 쓰지 않는 공간을 내어준 것이었고, 3~4일은 주요 언론에는 이런 소식이 나가지도 않아 반응도 없었다.

김철신 그래도 자리를 지키는 것 자체가 투쟁의 일환이다. 점거 농성 당시 가장 기억에 남는 일이나, 미담을 풀어본다면?

김동경 김정범 선생님! 김정범 선생님이 인천에서 여의도까지 매일 오셔서 응원해 주셨다. 정말 감동이었다. 또 멀리서라도 청한 회원분들이 관심을 두고 응원해 주셔서 많은 힘이 됐다.

▲ 이수정 기획부장

이수정 점거 농성은 낮에는 상근자들이 자리를 지키고, 밤엔 회원분들이 돌아가면서 자리를 지켰다. 처음엔 사람이 없어 각 단체 대표님들께 SOS를 보냈었는데 다들 흔쾌히 와 주셨다. 또 점거 농성을 함께 진행한 단체에선 유일하게 보건연합 소속 사람들만 계속 농성이 이어질 수 있도록 자리를 채워줬다.

김남수 농성 자체가 미담이다. (웃음)

정진미 김형성 선생님이 다음날 아침 무지개 축제라는 진료봉사 일정이 있는데도 와서 밤새 농성장을 지켜줬다. 어느 분께 철야농성을 부탁해야 할 지 고민하는 차에 자처해 나와서 정말 든든했다.

이수정 대부분 다음날 병원으로, 약국으로 출근해야 하는데도 나와 주셔서 감사했다.

김철신 점거 농성하면서 힘든 점은 없었는가?

정진미 첫날 건물주와 경비아저씨가 나와서 돌아가라고 한 것과 최규진 선생님과 우석균 선생님이 농성장으로 들어오려고 할 때 의경이 막아 세우면서 가방검사를 요구한 것, 그리고 모 일간지 기자를 사칭하는 사람이 우리를 심문(?)하려 하는 정도였다.
의외로 의경들이 호의적이어서 놀랐다. 우리를 막아서면서도 '우리도 의료민영화가 안 됐으면 좋겠다. 죄송하지만 우리도 명령을 수행할 수밖에 없어 그렇다'라고 했다. 의료민영화 문제가 우리만의 문제는 아님을 크게 느꼈다.

이효직 건치로 출근한 지 며칠 안 돼서 점거농성이란 걸 하게 됐다. 개인적으로는 그 전에 집회 같은 데서 본 정보과 형사들은 표정부터가 공격적이었는데, 이번엔 '좋은 게 좋은 거다' 하는 분위기가 기억에 남는다.

▲ 이효직 차장

최선의 방어는 공격, 이젠 공공의료 강화 위한 선제공격 필요

김철신 점점 보건의료운동에 있어서 상근활동가의 역할이 중요해지고 있다. 지금까지 활동가로서의 활동을 정리하고, 박근혜 정부의 의료민영화 정책을 평가해보자면?

이수정 2013년 진주의료원 폐원 사태를 기점으로 보건연합에서 상근활동가로 활동을 시작했다. 진주의료원이라는 공공의료의 상징성 때문에도 이슈가 많았고, 2014년에는 의료민영화 자체가 하나의 큰 화두가 돼서 범국본이나 무상의료본부 같은 게 꾸려지는 등 활발했던 것 같다. 그런데 이후에 자꾸 정부 쪽에서 의료민영화법이 아닌 것처럼 이름만 바꾼 법안들을 들고 나오면서, 의료민영화 문제를 이슈화시키기가 어렵고, 사안 자체가 줄어서 오히려 힘들었다.

앞으로도 계속 또 그럴싸한 이름으로 포장된 의료민영화법들이 쏟아질 것 같다. 병원인수합병법은 병협 차원에서 밀고 있는 것이기 때문에 계속 나올 것 같다. 박근혜 정부 들어서면서 항상 방어적으로 법안 저지 활동만 해 왔다. 이제는 우리가 선제로 공격할 때다. 의료공공성 강화를 위한 제안을 적극적으로 해야 한다.

정진미 지금까지 방어에만 초점을 맞춰 활동해 왔다면, 다른 분들이 얘기한 것처럼 의료공공성에 대한 긍정적인 메시지를 국민들에게 전달하는 데 목적을 두는 게 필요하다고 생각한다. 지금까지 비슷하게 성명전하고, 활동하면서 좀 꺾인 적이 있었는데, 이번 투쟁에서의 승리의 경험이 새로운 활동을 위한 동기부여가 된 것 같다.

윤미현 지난 수년간 인력 부족, 역량이 부족해서 방어하기에 급급했었다. 공격이 최선의 방어라는 말처럼 이제는 선제공격해야 할 때다. 확실한 아젠다를 가지고 대중의 의식과 함께 호흡할 수 있도록 하는 분위기를 만드는 게 중요하다고 생각한다.

▲ 윤미현 사무차장

공세를 위해 당장 필요한 것? "인력확충!"

김철신 정세적인 입장 변화를 위해서 당장 보건의료단체에 필요한 게 뭐라고 생각하나?

윤미현 인력을 늘려야죠(웃음). 사람을 더 뽑아서 방어팀과 공격팀을 나눠 활동하는 거다. 공격팀은 홍보물, 소책자, 유인물 뿌리고, 이번처럼 법안 나오면 법제팀 꾸려서 방어책을 파바박 만들어 내는 거다.

김동경 그렇기 때문에 더욱 회원들의 역할이 중요하다고 생각한다. 활동가들이 더 열심히 할 수 있는 동력이 되기 때문이다. 각 단체 소속 회원들이 그런 역할을 해 줄 수 있기 때문이다. 보건연합 포함해서 모든 단체가 다 인력이 부족하다. 그래서 이런 이슈 하나가 터지면 거기에 치중할 수밖에 없고 다른 것들을 놓치게 되는 경우도 많다. 그때그때 대응도 중요하지만, 시민운동 쪽에서 공동으로 다각화된 대응할 수 있는 하나의 시스템이 세워지면 좋을 것 같다.

김철신 활동가로서, 보건의료단체만의 특성? 독특함이 있다면 어떤 게 있을까? 그리고 그중에 장단점을 꼽아보자면?

김남수 건약은 같은 직종, 전문직들이 모인 곳이다 보니 예산이 참 탄탄했다. 노동단체는 엉망인 곳이 많다. 그런데도 보건연합 소속 단체 상근자가 보통 1명, 많으면 2명이라는 게 놀라웠다. 노동단체는 그렇게 회비가 안 걷히는 데도 최하 3명 이상이 근무하면서, 각자 파트를 맡아 꾸려나간다. 그래야 단체 일이 제대로 되기 때문이다. 사실 500명, 600명 되는 회원 관리 자체만으로도 일이다. 반면에 사실 하고자 하는 건 연대활동이고, 정책 활동인데, 한두 명이 이 모든 걸 하려고 하니 주객이 전도되는 일이 비일비재할 수밖에 없다. 갑자기 상근활동가를 늘릴 필요는 없는지만, 최소한 사무활동가와 대외활동가를 분리해 최소한의 균형은 맞춰야 한다고 생각한다. 역할분담이 잘 됐으면 한다.

김동경 무척 공감한다. 보건연합에서 유일하게 청한만 상근자가 한 명이다. 이번에 농성 들어가면서 '사무 일은 어쩌지'하는 고민이 앞섰다. 미뤄지면 결국엔 다 또 티가 나기 마련이라 그런 부담감이 들었다. 이번 투쟁하면서도, 집요하게 모니터링하고 봐야 하는데, 자꾸 이거 하다 저거 하다, 거기에 회원 사업까지 끼어들면 '내가 다 해야 하는데'가 되니까 스스로 일에 대한 만족도가 떨어지는 그런 악순환이 반복됐다. 또 회원들은 여기저기 구호 단체같은 곳에도 기부를 많이 하니 회원 서비스에 대한 기대치도 높다. 마음은 그렇게 해 드리고 싶지만 "사람이

▲ 김동경 사무국장

없어서요"라고 말하게 되면 또 변명하는 것 같고…. 그리고 혼자서 상근하는 시간이 길다 보니 가끔은 좀 외롭다.

나 홀로 집회·업무는 예측불허…그럼에도

김철신 요새 구호단체는 후원자들에 대한 서비스가 좋다. 내 후원금으로 아동이 이렇게 성장하고 달라지는지, 편지나 사진으로 보여준다. 그런 것들에 익숙해지다 보니 더 그런 것 같다. 활동가로서 가장 힘이 빠질 때나 힘들다고 느낄 때는 언제인가?

정진미 집회나 시위에서 대부분 활동가만 눈에 띄고, 회원분들은 잘 안 보인다. 참여 독려를 어떻게 해야 하나 막막할 때도 있고, 어쩔 땐 외롭기도 하다. 보건연합 다른 단체 회원분들은 몇몇 분들이 오셨는데, 건치 선생님들 안 오시면 더 그렇다.

윤미현 회의 때는 그래도 많이 오시는데 집회엔 잘 오지 않는다. 특히 주말 참여율이 더 저조하다.

이수정 업무가 끝이 없는 것? 업무 자체가 예측불허다. 계획을 세워도 일이 터지면 갑자기 보도자료 쓰고, 자료 찾고, 보고, 회의도 참석해야 하고 집회나 시위에 급하게 결합하는 경우도 많다. 상근활동가는 흡사 5분 대기조처럼 언제나 전장에 나가야 한다는 불안감이 있다. 이슈가 하나 터지면 발 뻗고 자는 게 힘들다. 얘기하다 보니, 이런 것들이 조직시스템의 문제일 수도 있지만, 언제 터질지 모르는 일에 대응하는 게 활동가 업무의 본질이라는 생각도 든다. 이건 이 정권이 끝날 때까지 끝나지 않을 것 같다.

달라진 정치구도에 맞는 새로운 프레임 필요

김철신 마지막 질문으로 앞으로, 어려운 말로 하면 의료민영화 투쟁의 과제와 전망, 현 정권에 대해 우려 사항, 마무리 멘트 부탁드린다.

정진미 전엔 새누리당만 막으면 됐었는데, 이제는 국민의당, 더민주에 대해서도 대응해야 할 것 같다. 지금보다 더 디테일한 프로그램이 필요할 것 같다.

윤미현 이번 총선 결과 여소야대가 됐지만, 정권이 바뀌지 않는 한 기업의 이윤추구만을 위한 법안은 계속 수용될 것이다. 박근혜 대통령은 자기 임기 내에 통과시키려고 할 테고. 작전을 잘 짜야 할 것 같다. 그러기 위해서는 정부나 국회가 꼼수를 쓸 수 없도록 감시의 눈을 치우지 말아야 한다. 우리의 힘은 곧 국민과 대중이므로 그들과 잘 호흡을 맞출 방법들도 구해야 한다. 상근자를 더 뽑아야 한다.

이수정 처음 상근활동을 시작할 때만 해도 보건연합이 연대할 수 있는 단체가 많았다. 갈 데도 많고 그랬는데 지금은 인력이 없어서 연대활동을 많이 줄였다.

그리고 의료민영화 이슈에 집중하다 보니, 진료 지원뿐 아니라 전문 의료인으로서의 자문요청도 많이 들어오는데, 다 갈 수가 없어서 아쉽다. 사드배치 문제라든지, GMO 식품 문제, 옥시사태 등 옛날 같으면 거기에 집중할 힘이 있었을 텐데 아쉽다.

전망은, 의료영리화 이슈 외에도 여러 범주에서 많이 나올 것 같다. 안전에 관한 이슈도 중요하고. 프레임을 국민 건강뿐 아니라, 생명과 안전을 포괄하는 쪽으로 바뀌어야 할 것 같다.

김동경 총선 이후 자잘한 이슈를 겪으면서 정의당도 믿을 사람 없다는 게 확인됐다. 우리끼리 더욱 단단해져야 할 것 같다. 모두를 의심하면서 싸울 수밖에 없을 것 같다.

김남수 건약에서 하려는 사업 중 하나가 열악한 노조 농성장에 자주 결합하는 것이다. 이에 대해 단체 채팅방에 공지를 올리면, 참여하

▲ 김남수 사무차장

지 못해 미안해하는 회원들이 많다. 활동가의 역할은 바로, 현장에 못 오더라도 회원들의 심적 응원과 물적 후원을 이끌어 내는 것으로 생각한다.

김동경 청한은 회원은 적지만, 활동하시는 한 분 한 분 모두가 100%의 역할을 해주시고 있다. 연대활동도 매주 유성기업, 동양시멘트 등 농성장을 방문해 진료활동을 하고 있다. 혼자서 활동하다 보니 이 모든 회원의 활동을 기록하지 못하는 게 아쉽다. 우리도 건치신문 같은 언론사가 있었으면 좋겠다.

김철신 보건연합에서 유일하게 언론사를 가진 조직으로서 책임감을 느낀다. 보건연합 소속 단체들의 다양한 목소리를 담기 위해 더 노력하겠다. 그리고 그간 많이 수고한 활동가들의 목소리를 담아내 보고 싶었는데, 좋은 자리가 된 것 같다. 이런 자리를 자주 만들도록 하겠다. 보건연합 단체들과도 적극 연대해 계속 소식을 전하도록 하겠다.

▲ 보건연합 상근활동가 간담회

2060 신구세대가 논하는 '건치만년지계'

건치, 제주 워크숍서 '성찰과 모색의 시간' 가져…세대별 '조직 청사진' 제
시해 눈길

윤은미

건치의 워크숍이 열린 2016년 10월 8일 오후 8시 제주 폴에이리조
트에서는 '건치 어울림 소풍: 성찰과 모색의 시간'이라는 이날 주제에
걸맞게 세대별로 조직의 미래를 전망해보는 뜻깊은 자리가 마련됐다.

세대별 대표로는 올해 입회한 신입 회원인 정상 회원(공보의, 군산 선
유도)이 20대 대표로 나섰으며, 서울경기지부 사업국장인 옥유호 회
원이 30대, 광주전남지부 공동대표 이금호 회원이 40대, 울산지부 전
회장 김병재 회원이 50대, 7~8대 회장을 역임한 박길용 회원이 60대
대표로 자리했다.

이들은 작게는 주체 사업의 발전 방향에 대한 고민을 털어놨으며, 나아가 시대적 변화를 감지해 젊은 회원을 더 포용하고 이들이 융화될 수 있도록 울타리를 허물어야 한다는 의견을 전했다. 그러면서도 오랜 시간 건치가 지켜온 가치를 보전할 수 있는 새로운 역할을 발굴해 낼 것을 결의했다.

건치 신구세대의 진솔한 이야기를 들어본다.

'엘리트코스'로 입성한 20대 대표 정상 회원

"치의로서 삶 고민할 수 있는 건치이길 기대해"

▲ 정상 회원

건치라는 단체를 가장 처음 알게 된 건 학교에서 수불사업에 관한 발제를 준비하면서였다. 이후 본과 3학년 때 베트남평화의료연대 진료사업에 참여하면서 건치와 인연을 맺고 많은 선배를 만났고, 작년부터 참치학교를 준비하는 파란의 위원으로 참여하면서 자연스럽게 건치 회원이 됐다. 소위 건치 엘리트코스를 밟고 들어왔다. (웃음) 이제 막 입회해서 과거와 현재에 관해 얘기하긴 힘들고, 신입 회원으로서 바라는 이야길 하겠다.

이제 막 면허를 받고 사회에 나온 치과의사들은 항상 불안해하고 있다. 나는 건치가 이런 젊은 치과의사들을 좀 더 품에 안았으면 한다. "전문의제도가 바뀐다더라", "개원이 점점 힘들어진단다" 들리는 소리는 많지만 해결하려는 노력은 보이질 않는다. 우리는 명확한 불안감의 원인도 모른 채 불안에 시달린다. 건치가 선배로서 후배들의 불안을 해소해 줄 자리를 만들어주길 바란다.

그래서 건치가 젊은 치과의사들의 목소리를 대변할 수 있는 공간이 됐으면 한다. 어쩌면 이건 먼 이야기일 수도 있다. 치과계에 특정 현안이 있을 때 곳곳에서 견해를 밝히지만 젊은 치과의사를 대변하는 목소리는 찾아볼 수 없다. 건치가 이런 매개가 돼주길 바란다.

내가 건치에 입회한 이유는 또 있다. 우리는 대학에서 병원에서 환자를 치료하는 의술은 배우지만, 치과의사로서 어떻게 살 것인가를 고민해본 적이 딱히 없는 게 사실이다. 나는 건치라는 공간을 통해서 내가 치과의사로서 앞으로 어떻게 살아갈지, 어떤 치과의사가 될지 고민하는 사람이 되고 싶다.

서경건치 '옥스타' 30대 대표 옥유호 회원

"우리는 친목질에서 자유로울 수 있는가?"

친목질은 인터넷카페 신조어다. 어떤 카페들은 '친목질 금지'라고 써 붙여놨다. 요즘 친구들이 친목질을 경계하는 이유가 뭘까. 친목질이 별로 좋지 않게 변질했다는 것인데, 굳이 정의를 내리자면 몇몇에 의

▲ 옥유호 회원

해 내부조직이 만들어지고 그것에 의해서 조직이 변질하고, 신입 회원들이나 기타 회원들이 소외감을 느끼는 것을 말한다.

건치의 친목질이 그렇게 심각하다고 생각진 않는다. 그러나 친목질이 정말 시작되기 시작하면 고립화가 시작된다. 고립화가 시작되면 조직에서 몇몇 리더들의 목소리가 커지고, 사적인 이야기를 더 많이 하게 되고, 공조감을 잃게 된다. 그럼 한두 명씩 이런저런 이유를 대면서 조직을 떠나게 되고, 조직은 서서히 망해간다.

우리는 미래를 꿈꾸는 조직이니 이런 절차를 피해야 한다. 아직은 건치가 친목질을 한다고 생각하지 않지만, 건치는 친목질이 시작될 가능성이 꽤 큰 조직이다. 친목질이 잘 일어나는 조직의 요건을 따져보자. 하나는 다양한 연령층이 있다는 것. 또 하나는 오프라인으로 자주 모인다는 것. 그리고 하나는 오래됐다는 것. 바로 건치죠.

굳이 20~30대 젊은 회원이 아니어도 40~50대의 다양한 신입 회원도 들어왔으면 한다. 또 젊은 회원을 더 끌어안고 가려면 지금 젊은이들이 '친목질을 꺼리는 이유'와 같은 그들의 생각을 이해해야 한다.

우린 회원이고 회원은 다 같은 회원이다. 사적으로 '형·동생' 할 수 있지만, 건치에선 서로 경어를 쓰는 문화 가지길 바란다. 항상 공정성을 잃지 않고 다양성을 존중한다면 신입 회원들이 더 마음 편히 지내는 건치가 될 것이다.

'변화의 시작' 40대 대표 이금호 회원

"다양성 존중하는 '건치 생태계'를 만들자"

광전 건치에서 회장 출마의견을 말할 때 나는 저수지 같은 건치를 만들겠다고 했다. 산이나 골짜기, 하늘에서 떨어지는 생물을 거부하지 않고, 다 받아들이는 생태계를 말한다. 그곳에선 모든 생물이 다 평등하다. 다 함께 살다 물이 많아지면 강이나 바다로 그 생물들을 흘려보내는 그런 건치를 만들고 싶었다.

▲ 이금호 회원

그런데 저수지가 유지되기 위해서는 홍수도 나고 천둥도 치면서 한 번씩 뒤집어줘야 하는데, 가뭄이 온 거다. 그러다 보니 물이 고이고 부유물이 생긴다. 어떻게 하면 비가 오고 태풍이 불게 하나 고민을 해봐야 건치가 폭풍우를 부를 순 없다. 그건 사회가 만들어내는 것이니까.

건치가 처음 만들어질 때도 1987년 민주항쟁이라는 역사적 경험과 789 노동자대투쟁이라는 정치적 배경이 플랫폼이 됐었다. 건치가 앞으로도 시대적 변화를 감지하고 그런 플랫폼을 기반으로 한 여러 생태계를 구축해나간다면 새로운 일을 할 수 있는 근거가 될 거로 생각한다.

젊은 회원들의 이야기를 듣고 사회적 변화를 중요하게 여기고, 거기서 우리 역할을 해나간다면 충분히 건치의 부흥이 올 것이다. 아니 꼭 건치가 아니어도 좋다. 뭐든 흐름을 준비하면 새로운 조직이 될 수 있다고 생각한다.

'제2의 전성기' 꿈꾸는 50대 대표 김병재 회원

"건치 멤버십 통해 지역시민사회운동 더 키울 것"

▲ 김병재 회원

울산건치가 타 지부보다 조금 늦게 출발하면서 18년 동안 더 역동적으로 움직여왔다. 진료사업을 위주로 지역시민사회 운동과 결합하는 식으로 잘 해왔는데, 요즘은 좀 정체기가 아닌가 생각한다.

울산건치 회원들은 대부분 시민사회 영역이나 지역치과의사회에서 각계 대표를 맡고 있다. 참여연대와 경실련이 합쳐져 울산시민연대가 발족한 이후에도 박영규 선생이 10년 넘게 대표직을 맡고 있다. 울산지역의 환경연합과 노무현재단 울산지역위원회에서도 건치 회원들이 각 대표를 맡고 있다.

나는 15년 전에 만들어진 어울림복지재단을 함께 맡고 있는데, 초기에 건치와 건약이 3억 원 정도를 투입해서 재단을 만들었는데 지금은 직원만 140명이 될 만큼 커졌다. 이럴 때 우려스러운 점이 생긴다. 일 잘하고 큰 조직이 됐지만, 초반에 하고자 했던 지역복지사업이 잘 수행되고 있느냐 하는 고민 때문이다. 지금은 변화를 시도 중이다.

건치도 마찬가지다. 지금의 고민거리는 초기의 울산건치가 만들어지게 된 사업들, 기존 진료사업 이외의 사업들을 어떻게 부활시킬까 하는 것이다. 대표적으로 수불사업이나 아동청소년주치의사업이 그렇다. 침체기를 극복하고 지역 보건의료운동을 새롭게 만들어나가기 위해서 노력해야 한다.

건치에서 시작되고 파생되는 사업들이 커지고 또, 독립하면서 건치의 사업은 오히려 축소되는 딜레마에 빠졌다. 하지만 울산건치라는 소속 감을 상기시키면서 사업을 또 키워내고자 한다. 건치의 이름으로 지역 시민사회운동과 조화롭게 발전시킬 수 있도록 더 고민해야 할 시기다.

'건치의 전설' 60대 대표 박길용 회원

"'평등과 존중' 기본 가치 지키는 일이 중요"

조직에서 20~30대의 이야기는 정말 중요하다. 꿈을 찾고 참을 추구하는 그런 열정들이 20~30대에 시작되기 때문이다. 나는 이제 60대가 됐다. 60대가 돼 돌아보니 새로운 걸 시작하기보단 과거 갖고 있던 가치를 잃지 않고 살아가는 게 중요하단 생각이 든다. 건치가 과거의 전설을 잊지 않고 당시 가치를 지켜가길 바란다.

그런데 문제는 '우리가 왜 옛날 같지 않으냐'하는 데 있다. 이건 사회의 문제다. 치과계도 다양한 문제가 제기되면서 분열을 겪지만, 우리 사회 전체가 지금은 해체되는 과정에 있다.

여기서 우리가 지켜야 할 가치는 아주 간단한 것들이다. 평등과 존중 이런 개념들이 중요하다. 그런 측면에서 나에게는 녹생당에서의 활동 경험이 소중하다. 거긴 정말 남녀가 평등하고, 젊은이들이 자유롭게 자기주장을 말한다. 또 그 주장이 수용된다. 내가 보는 녹색당은 그랬다.

건치도 그런 조직이 돼야 한다고 생각한다. 그렇게 되기 위해 건치가 해온 과거의 노력이 또, 뒷받침될 것이다. 오늘 서로 얘기를 주고받으면서 우리가 이제 이런 대화를 나눌 수 있겠다는 생각이 든다.

"보편적 건강권 운동으로 시야 넓힐 때"

건강권실현을 위한 보건의료단체연합 대표자 간담회

안은선

건치신문은 건치 8개 지부에 대한 특집 기사에 이어, '연대단체가 본 건치'를 주제로 건강권실현을 위한 보건의료단체연합(이하 보건연합) 소속 인의협, 청한, 건약, 연구공동체 건강과대안 대표자들과의 간담회 자리를 마련했다.

이들 단체는 지난 1987년 6월 민주항쟁으로 생겨난 보건의료인 단체로, 민중과 국민의 건강권 확보를 위한 활동을 각 전문 분야별로 전개해 왔으며, 반전반핵 운동을 비롯해 의료보험통합투쟁, 북한어린이 살리기의약품지원활동, 노동자 건강권 확보, 최근의 세월호 사태까지

▲ '연대단체가 본 건치' 간담회 참석자 일동

공동의 과제를 두고 적극 연대해 왔다.

그리고 2001년 6월 연대단체들은 전문직종 운동의 한계를 극복하고자 보건연합을 창립해, 보건의료 문제는 물론, 국민 건강을 위협하는 세력에 대한 저지, 민주주의, 인권 등 보편 가치를 추구하고 있다.

혜화역 한 식당에서 열린 간담회에는, 청한 김이종 공동회장, 건약 신형근 전 회장, 건강과대안 변혜진 연구위원, 건치신문 김철신 편집국장이 참석해, 건치와의 연대활동을 돌아보고 향후 보건의료 공통과제에 대해서 짚어보는 시간으로 꾸려졌다.

건치, 직능의 이해에서 자유로운 단체
연대에 강조점 두고 사회문제에 적극적

김철신 꽤 오랜 시간 동안 여기 모인 분들은 건치를 포함해 보건연합과 연대해 왔다. 투쟁 현장에서 자주 뵙기도 하고, 여러분들이 보시기에 건치는 어떤 단체인가?

신형근 사실 2004년 전까지는 건치에 대해 특별히 생각해 본 적은 없었다. 아무튼, 이후에 보건연합에서 건치가 여러 역할을 해내는 걸 보면서 관심 두게 됐다. 건치는 구성원들이 많아서 그런진 몰라도 본인의 영역인 치과뿐 아니라 그걸 넘어선 보건의료 영역에서 큰 역할을 해 온 것 같다.

김이종 부럽다는 생각이 먼저 들었다. 왜냐하면, 인의협의 경우엔 의약분업, 청한의 경우에도 천연물 신약 논쟁 등 한의과 내부 분열을 겪었다. 그런데 건치는 그런 일이 없었던 것 같다. 자연스럽게 치협으로도 진출하고, 치협과 공동으로 일을 성사시키기도 하고 치과의사들로부터 지지를 받는 모습이 부러웠다.

▲ 김이종 회장

청한은 의료계가 제대로 자리매김하면 좋겠다는 마음으로 대중운동을 하는데, 아무래도 기득권층이라는 인식 때문에 그런지 내부 반발에 부딪히는 경우가 종종 있다. 반면에 치과의 경우엔 사무장 치과 등 의료질서를 파괴하는 세력에 대해 공동으로 저항하는 것을 보면 더욱 그렇다. 회원 수도 많고, 보건연합 차원의 일에 건치가 많이 참석하기도 하고, 쌍차 문제, 세월호 사태, 갑을오토텍 등 사회·노동자 문제에 적극적으로 회원들이 참여하는 모습이 한 단체의 대표로서 부러운 점이다.

변혜진 1997년, 인의협 상근자 시절부터 건치를 봐 왔다. 여러 보건 연합 단체 중에 건치를 가장 먼저 만났고 오랫동안 연대해 왔다. 재밌게도 인의협은 다른 단체보다 건치와 여러 일을 했었다.

다른 단체보다 '연대운동'을 가장 강조한 단체라고 생각한다. 직능보다는 전반적 사회 운동에 더 적극적으로 참여해 온 것으로 기억한다. 어떤 사안이 생기면, 매번 직능의 이해냐 대중의 보편적 이해냐 하는 갈등상황에서 건치는 비교적 자유로웠다. 특히 진보적인 것을 표명할 때 그렇다. 2000년 의약분업 당시 인의협이 의과 내에서 코너에 몰렸을 때, 건치가 인의협을 보호하는, 내지는 지지하는 성명을 계속해서 내줬다. 당시 건치는 치협과 관계도 좋아 내부적으로도 문제가 없었다. 그게 큰 힘이 됐다.

사실 의약분업 거치면서 당시 건치 대표였던 신동근 선생님이 "직능의 이해에서 자유로운 연대체가 필요하다"고 피력해 보건연합이 세워지는 계기가 되기도 했다. 그래서 나도 보건연합 간사로 그때 가게 됐다. 보건연합이 꾸려지고 난 뒤에도 건치에서는 계속 일 할 수 있는 사람들을 꼬박꼬박 보내줬었다.

2004년에 건강보험 흑자가 고작 1조 5천억 원 났을 때, '암부터 무상의료' 운동이 대거 일어났다. 그때 건치 회원들이 많은 걸 알게 됐다. 정성훈 선생님, 김용진 선생님 다 그때 처음 뵀었다. 다들 피켓도 만들어 오시고…

이라크 어린이 의약품 지원 활동 가장 '인상적'
직능 이해보다 보편적 문제에 연대활동 '적극적'

김철신 사실 2004년도, 암부터 무상의료, 경제자유구역 철회 운동할 당시에 건치 회원이 가장 많긴 했었다. 각자 건치와 연대해 오면서, 가장 인상 깊었던 일을 꼽자면?

변혜진 아무래도 2003년에 이라크 어린이 의약품 지원이 가장 기억에 남는다. 이라크 전쟁 당시 병원에 마취제가 떨어졌다는 소식이 들렸다. 그래서 '어린이에게 폭탄 대신 약품을' 슬로건으로 내걸고 보건연합에서 의약품을 지원해 줘야 한다는 목소리가 나왔다. 그래서 한겨레 신문과 연계해서 모금

▲ 변혜진 연구위원

운동도 했다. 정성훈 선생님이 건치에서 2천만 원을 모아주셨다. 그리고 이라크에 들어갈 때 몇 개 그룹으로 나눴는데, 1진은 루트를 개척하는 것이었다. 그때 정성훈 선생님이 자진해서 길을 뚫었다. 본격적인 진료가 시작되고 정성호 선생님이 직접 발전기 돌려가면서 치과 치료 하시고 정말 대단했다. 또 그때 울산 건약 선생님들이 약을 사서 들어갈 수 없으니까 미리 약 성분명을 알아보고, 요르단에 가서 일일이 확인해 가며 약을 샀었다. 그리고 트럭단위로 약을 옮겨야 하는데, 마땅한 도구가 없어 일일이 박스를 다 날라야만 했다. 건약도 큰 역할을 했었다.

김철신 그때 일은 정말 전설적인 일이었죠. 이라크에 들어갈 생각을 어찌했는지…

신형근 사실 연대 활동하면서 누가 건치고 누가 건약인지는 잘 기억은 나지 않는다. (웃음) 2003년도에 제주도 경제자유구역법 철회 시

위, 2004년 암부터 무상의료, 2006년 한미FTA, 2008년 광우병 사태, 2009년에 쌍차 사태, 큼직한 사안마다 늘 연대해 왔다.

기억에 남는 건 쌍차 사태 때, 건약도 매번 식염수를 포함해 의약품을 보냈다. 한창 사태가 무르익던 시점을 지나서도 건치는 계속, 지금도 와락진료를 수행하는 게 대단하다는 생각이 들었다.

김이종 세월호 사태 때 정달현 선생님이 강하게 연대해 오던 게 기억에 많이 남는다. 유가족들과 팽목항에서 버스 투쟁도 함께하고, 돌아와서 청계광장에서 발언도 하고 함께 아파하던 모습이 많이 인상에 남는다. 김형성 선생님도 치과 치료 필요하다고 하시면 언제든 봐주시기도 하고…

변혜진 건치는 모든 연대 요청에 무던하게 응해왔다.

신형근 듣다 보니, 건치는 연대활동이 순환적으로 잘 됐다. 도드라지지 않더라도 항시 그 역할을 무리 없이 수행해 왔다. 내부적으로도 잡음도 없고. 건치처럼 눈에 띄지 않더라도 꾸준하게 한 곳이라도 지속해서 연대활동을 해나가는 게 목표다. 이런 지속적 연대활동이 젊은 약, 의료인들에게 많이 어필이 된다.

보건의료계의 '자유로운 영혼' 건치
탄탄한 조직력과 문화 향유가 특색

김철신 사람들은 제각각이지만 모이면, 또 그 조직의 특색을 만들어 낸다. 그런데 내부에서 보면 잘 안 보이지만 바깥에서 보면 그 단체만의 두드러지는 색깔이 있다. 여러분이 보시기에 건치는 어떤 색깔? 혹은 특색을 지닌 단체인가?

변혜진 건치여서 그런진 몰라도 좀 문화를 향유하는 게 강하다고 해야 하나? 힘을 좀 빼고 다니는 것 같은 느낌이다. 어떤 조직이든 튀는 사람이 생기고 또 충돌이 있기 마련인데, 건치는 그런 게 없었던 것 같다. 잘은 모르겠지만, 치과가 의과보다는 좀 더 자유롭고, 건치 선생님들이 대체로 여성성이라고 할까? 감성적인 분들이 많아서 그런 것 같다.

사실 보건연합 중에 건약을 제외하고는 남성회원 수가 압도적이다. 그러다 보면 조직 내에서 남성성, 권위주의 때문에 부딪히는 경우가 종종 생긴다. 그런데 건치는 그런 게 없어 소통하거나 할 때 상대적으로 편했다. 굳이 강성을 뽑자면 신동근 선생님 정도? (웃음)

광우병 시위 때 건치 선생님들은 동문회 하는 분위기로 모여 있어 재밌기도 했다. 건치 선생님들은 조직에 묶이기보다는 자유로운 스타일들이 많은 것 같다.

김이종 변혜진 선생님 감상과 비슷하다. 건치는 좀 스마트한 느낌?

문화생활 좋아하시고, 문화생활도 전문가답게 한다고 해야 하나? 그걸 또 조직적으로 하는 것 같다.

신형근 현재 시민운동, 진보단체가 공통으로 가진 문제가 새로운 사람들이 들어오지 않는다는 거다. 그래서 조직이 점점 축소되기도 하고. 그런 부분에서 건치는 다른 의료단체보다 상대적으로 안정감 있게 조직을 꾸리고 있는 것 같다.

특히 공동대표 체제라든지 하는 것을 무리 없이 해나가고, 집행부가 사업을 꾸리고 수행하는 과정도 상대적으로 매끄러운 것 같다. 놀랐던 것은 최근에 봉화마을에서 집단 미팅(운영위)도 열고 조직력이 살아있다는 생각이 들었다.

▲ 김철신 편집국장

김철신 건치도 내부적으로는 조직에 대해 고민이 많다. 그래도 아직 살아있다고 봐주시니 감사하다. 건치도 재작년부터 이대로 가다간 조직이 없어질 것 같은 위기의식을 느껴서, 내부에서 조직진단을 시작했다. 확실히 정도의 차이만 있지 재생산에 대한 모든 진보단체의 고민은 똑같은 것 같다.

신형근 재생산이 안 되고 어떻게 활동해야 하는가. 또 방향성을 세워야 하는데 계속 고민만 하는 것도 문제다.

수불사업은 아쉽지만…또 다른 연대사업 모색해야
'설탕세' 등 보편적 건강 운동으로 시야 넓힐 때

김철신 우석균 선생님이 술자리 농담으로, "건치 정도의 조직이면 내가 혁명을 하겠다"고 하신 적이 있었다. 건치 내부적으로는 조직의 위기라고 생각하지만, 외부에서 보면 아직 건재한 것이고, 그럼에도 아무것도 안 하고 있는 것으로 보일 수도 있겠단 생각이 들었다. 여러분이 생각하기에 건치의 약한 부분? 기대에 못 미친 부분이 있다면?

신형근 수불사업이 좀 아쉬웠다. 저희야 건치 일이니 최대한으로 연대하려고 했음에도, 수불 반대론자들과 입장차가 너무 극명키도 하고 이래저래 흐지부지된 것이 안타깝다.

변혜진 수불은 아직도 뜨거운 감자다. 과학과 의료전문가간의 연대사업의 잘못 풀어진 사례가 수불사업이다. 개인적으로 수불사업을 지지하는 입장이고, 과학은 과학으로 풀어야 한다 생각했는데, 생태주의자들이 반대할만한 내용이 있었다.
개인적인 생각이지만, 가르치는 듯한

▲ 변혜진 연구위원

태도? 과도한 전문가주의가 그런 반감을 만들어 낸 게 아닌가 생각한다. 전문가주의와 대중의 인식차를 과학으로 풀어낼 때는 신중한 판단과 조정이 있어야 하는데 그 부분이 아쉽다. 사실 과학이 어느 편에 서느냐에 따라 입장이 많이 달라지는 한계도 있고 말이다.

김철신 그 외에 또 다른 게 있다면?

변혜진 건치는 사람도 다양하고, 취미도 다양했지만, 보건의료운동 영역에서 보면 구강보건에만 집중된 경향이 있다. 청한의 경우를 보면, 건강불평등이라든지 유해물질 등 영역을 뛰어넘어 보편적인 건강운동으로 진출하는 사람들이 분명히 있다. 가까운 예로 이은경 선생님이 그렇고.

건치는 구강보건으로는 잘 묶여 있지만 다른 영역까지 포괄해서 발전해 간 사람은 없는 것 같다. 전반적인 건강권 운동으로까지 시야가 확대돼야 하지 않을까 생각한다. 요즘 학생들을 보면 특히 그렇다. 보편적 건강권 운동에 참여하는 선배들에 관심이 많다.

신형근 아까도 잠깐 나온 이야기지만, 보편적으로 보건연합을 포함해서 방향성을 세우는 것에 고민이 많다. 지금 활동하는 사람들도 대선이 끝나면 결과에 상관없이 크게 고민할 것이다.

대략적으로 전체적으로 사람들이 합의하는 내용은 '건강 불평등 완화'다. 이를 위한 방향성에 하나로 보장성 강화, 의료영리화 저지에 관한 흐름을 만들어 내야 한다. 그러한 '보편적 담론'을 만들어내기 위해서 각 단위에서, 연대 단위에서 어떻게 할 것인지 고민해야 한다. 건치를 포함해서 보건연합차원에서도 우리가 어떻게 행동하고 이 담론을 끌어갈 것인지 고민하고, 우리의 지향이 무엇인지 논의해야 한다. 전문가로서의 포커스를 맞추면서도 우리의 정신을 잃지 않는 '뭣이 중헌지' 아는 운동을 만들었으면 좋겠다.

변혜진 그런 의미에서 설탕 문제에 건치가 적극적으로 들어왔으면 좋겠다. 지난번 류재인 선생님이 건강과대안에 와서 설탕 산업과 관련해 발제한 적이 있다. 발제는 물론이고 가지고 있는 자료, 데이터도 좋고 의제화하기도 좋다.

음식 잘 먹고 병치레도 없이 잘 살다가 어느 날 덜컥 비감염성질환(NCDs) 판명 받는 사례가 많다. 대부분 원인은 '첨가 당'에 있다는 게 밝혀졌다. 아이들의 건강을 위해서라도 이제는 나서야 할 때라고 생각한다. 보건연합과 건강과대안은 식품기업과 싸우는 것을 본격화하려고 한다. 식품기업과의 싸움에서는 소금, 당, 지방이 핵심인데, 다른 건 이견이 있지만, '설탕'에 관해서는 보건의료계는 물론 환경론자들 역시도 동의하는 합의점이 있다. 건치가 의제를 가지고 설탕세, 식품기업, 구강건강을 위해 건치가 다른 단체와의 연대를 제안하는 것도 좋을 것 같다.

신형근 지난번 팟케스트에서 김형성 선생님이 임플란트, 양치질, 그리고 설탕 관련해서 우리가 몰랐던 얘기를 많이 해 주셨다. 우리가 먹는 음식에 설탕이 얼마만큼 들어있는지, 전혀 안 들어갔을 것 같은 우유나 분유도 그렇고…. 계몽을 떠나서 고카페인 음료 교내 판

매 금지와 같은 운동과 마찬가지로 '설탕'에 관한 것은 전문적인 운동에 시민들의 연대를 끌어낼 수 있는 의제다. 치과 관련 부분과 연관되는 사회 문제로 엮을 수 있을 것 같다.

김철신 새로운 도전 과제를 준 것 같다. 역사적으로 설탕 산업이 제국주의의 악랄한 착취와 밀접한 관계라는 건 잘 알려진 사실이다. 계획을 잘 세워서, 함께 연대하면 좋을 것 같다.

김이종 또 제안하고 싶은 것은, 장애인 진료에 건치가 적극적으로 결합해 주셨으면 한다는 것이다. 장애인 운동은, 감히 당사자는 아니지만 이런 시민운동 중에 가장 밑바닥을 보여주는 운동이라 생각한다. 당사자가 아닌 사람은 끼기 어려운 부분도 있고. 청한이 노들야학에서 장애인 진료소를 운영하고 있는데, 장애인분들이 특히 구강건강에 문제가 많다. 직접적인 치료 연대도 좋고, 정책적 연대도 환영이다.

김철신 과거 얘기부터 지금까지 다양한 이야기를 들을 수 있어서 유익한 시간이었다. 마지막으로 하실 말씀이 있다면?

신형근 내부적으로 건치도 고민이 많겠지만, 지금껏 보건단체로서 역할을 충실히 잘 해오셨다고 생각한다.
누가 그런 얘길 했다. 지금 상황을 공룡시대로 비유하면서, 우리는 포유류고, 빙하기에도 공룡이 지배하던 시절에도, 공룡처럼 덩치가 크지 않았음에도 포유류는 끝까지 살아남았다. 공룡 같은 자본의 공격은 앞으로도 계속될 것이고, 우리 각 단체는 포유류가 살아남을 수 있는 근거지가 됐으면 한다. 우리는 서로가 기댈 수 있는 공간으로 계속 살아남았으면 좋겠다.

▲ 신형근 전 회장

김이종 이런 자리를 마련해 주셔서 감사하다. 저도 건치와의 연대활동을 짚으면서 청한의 역사를 같이 돌아볼 계기가 된 것 같다. 청한도 회원들과 과거를 나눠보면서 정체성에 대한 정리를 해나가면 좋겠단 생각이 들었다. 숙제를 하나 받고 돌아가는 것 같다.

그리고 건치의 강점은 건치신문사라는 언론이라고 생각한다. 우리 보건연합 소속 단체들의 일을 알리기도 하고, 건치가 어떤 활동을 하는지 알 수도 있고, 건치신문이 건치를 더욱 발전적으로 이끌어가는 것 같다.

김철신 사실 건치에서 주로 활동하는 학번 중에 편집부 출신이 많아서 그런 것 같다. (웃음)

변혜진 말과 글은 운동에서 필수요소다. 기록이 가진 힘은 놀랍다.

"건치, 가장 튼튼한 기반 갖춘 조직"

안은선

미니인터뷰 보건연합 우석균 정책위원장

▲ 우석균 위원장

"건치는 보건연합 소속 단체 중 가장 튼튼한 조직이다. 회원들의 의지에 기반을 둔 조직으로, 회원 사업이나 정책 사업 등 여러 방면에서 가장 튼실하다."

보건연합 우석균 정책위원장은 오랜 연대단체로서의 건치를 이렇게 평가했다. 또 우 위원장은 건치가 시민단체로서, 보건의료 단체로서 '직선제'를 채택하고 추진하는 데 대해서도 높이 샀다.

그는 "사실 시민단체에서 직선제 시스템을 갖추기는 쉽지 않다. 그런데 건치는 직선제로 회를 운영하고 있고 이는 치협의 직선제를 이끌어내는 데 큰 역할을 한 것 같다"면서 "또 1인 1개소법을 치과계 내에서 이슈화시키고 끌어가는 데 건치가 상당한 영향력을 발휘해 오고 있다"고 밝혔다.

지난번 보건연합 대표자들을 중심으로 한 간담회에서도 건치와의 연대활동 중 가장 기억에 남는 활동으로 '이라크 어린이 의약품 지원'을 들었는데, 우 위원장 역시도 이를 꼽았다.

우 위원장은 "보건의료단체들이 전쟁터에 의약품을 가지고 들어가서 의료지원하고, 조사작업을 벌이고 한 뜻깊은 사업이었다. 지금은 갈 수도 없게 됐지만"이라면서도 "그때 건치 정성훈 선생을 비롯해 인의협 김나연 선생, 송관욱 선생도 제1선에서 길을 내느라 고생을 크게 했다"고 회상했다.

이어 그는 "건치가 앞장서 길을 내고 준비할 수 있었던 것은 '베트남평화의료연대를 통한 해외진료에 대한 준비부터 전쟁, 진료에 대한 여러 경험이 뒷받침됐기 때문이라고 생각한다"고 평했다.

건치와는 현재 어린이의약품지원본부의 전신인 북녘어린이지원본부가 만들어질 때 만났다는 우석균 위원장은 연대사업 초창기부터, 지금까지 건치의 활약상(?)을 지켜보면서 한 가지 제안하기도 했다.

우 위원장은 "지금도 잘하고 있는 쌍차 해고노동자 진료(와락)라던지, 아동치과주치의제를 강화해서 조직적으로 지역 정책으로 확대할 수 있도록 홍보하고 전파하는 것이 하나의 역할이라고 생각한다"고 밝혔다.

이어 우 위원장은 설탕 기업과의 싸움을 언급하면서 이에 건치가 적극적으로 앞장서 주길 바라는 바람도 전했다.

"보건의료 운동의 새로운 30년, 함께 준비하자"

한편, 그는 "현재 활동하는 보건의료단체들은 전부 1987년 6월 민주항쟁의 자식들"이라며 "이제 내년이면 보건의료운동 30주년이다. 이를 계기로 다시 우리의 발자취를 되짚고 운동의 방향을 재설정해야 한다"고 운을 뗐다.

그는 "처음 보건의료단체들이 출범했을 때는 사회 전반을 고려해 공해 추방, 산재 추방 운동 등을 전개했다"면서 "그런데 최근 들어서는 우리가 부문운동이라면서 보건의료정책에만 중점을 두고 움직인 게 아닌가 생각해 봐야 한다"고 짚었다.

끝으로 우 위원장은 "이제는 건강권이라는 큰 담론을 가지고, 사회운동 전체 맥락을 보면서 한국사회를 어떻게 바라볼 것이며, 사회를 바꾸기 위해 어떻게 접근할 것인지에 대한 고민이 필요하다"며 "앞으로의 30년을 위해 지금부터 함께 준비해 나가자"고 전했다.

건치만의
특색 있는 전문분과를
소개합니다

　　　　　건치신문은 건치 8개 지부 뿐 아니라, 건치 산하 조직인 남북구강보건특별위원회(약칭 남북특위), 구강보건정책연구회를 비롯해 건치 사업국으로 출발해 지금은 어엿한 독립조직으로 성장한 베트남평화의료연대(약칭 평연)에 이르기까지 건치를 둘러싼 전문 사업조직을 다뤄보고자 한다.

통일된 남북 구강보건의료를 그려본다

남북특위, 분단된 조국에서 치과의사로서의 역할을 찾다

안은선

민간차원에서 통일시대를 준비하며 북한의 구강보건의료에 관심을 두고, 치과 의료인으로서 남북 교류에 앞장 서 온 남북구강보건특별위원회 (위원장 김인섭 이하 남북특위).

건치신문은 남북특위 위원들과 간담회를 하고 남북특위의 과거와 현재에 걸친 활약상을 짚고, 향후 사업 방향 및 바람에 관한 이야기를 들어 봤다.

이날 간담회에는 남북특위 김인섭 위원장을 필두로 박남용 원장, 이

▲ 남북특위 위원 일동

상복 원장, 안준상 원장, 변강원 원장이 자리했다.

(명칭 변경 : 2016년부터 북한의 구강과는 치과로, 구강병원은 치과병원으로, 구강의사는 치과의사

▲ 1997년 북한어린이살리기의약품지원본부 결성식

로 명칭이 변경됐습니다. 기사에는 시대상을 반영해 당시 명칭을 그대로 사용했습니다.)

구강보건영역에서의 통일 준비를 시작하다

1995년 북한 대홍수를 기점으로, 남한에 본격적으로 대북지원단체들이 생기기 시작했다. 당시 건치는 북한어린이살리기의약품지원본부

▲ 2004년 용천돕기캠페인 1차 지원

(현재는 어린이의약품지원본부, 이하 지원본부)에 결합해, 의약품 지원에 동참했다. 이후 구강보건영역에서의 지원을 고민하던 건치는 마침내, 2001

년 김인섭 초대위원장을 중심으로 한 '남북특위'를 발족했다.

남북관계가 국제 정치·경제적 영향을 많이 받는 탓에 출범 후 1~2
년은 지원본부와 함께 의약품 보내기 사업에 참여하면서도, 건치 내부
적으로는 치과의료인들이 통일에 대한 상식적이고 우호적인 생각을 하
고, 치과영역에서 가능한 일을 찾는 데 집중했다.

초기 대북사업에 대해 김인섭 위원장은 "북측과의 연결고리를 만들
기 위해 무던히도 노력하던 시기"라고 평가했으며, 박남용 원장은 "건
치의 이름을 북에 알리고 신뢰를 쌓는 과정이었다. 어떤 상황에도 약
속한 것을 꼭 이행한다는 것을 보여줌으로써 북측의 불신을 하나씩
없애나가는데 주안점을 뒀다"고 짚었다.

그런 노력이 통한 것일까? 박남용 원장은 2003년을 남북특위 사업
의 '분수령'으로 규정하고 "그 해 2월 건치는 4차 방북에 나서 유닛체
어, 구강보건관련 기자재, 소모품을 보내기로 북측과 합의했다. 그와

▲ 2005년 건치는 북한에 구강용품 5차 지원에 나섰다.

동시에 북한 구강
보건 현황을 모니
터링하고 물품지원
을 위한 독자 통로
를 개척하는 계기
가 됐다"고 설명했
다. 이후 남북 간
물품지원을 비롯한

교류가 급물살을 타기 시작한 것.

2003년 11월에는 건치 6차 방문을 통해 북측 민족화해협의회와 평양의학 대학병원, 구강(병)예방원 2곳의 보철실 (기공실) 설비를 현대화하기로 합의했고, 2004년 7차 방북에서는 조선적십자종 합병원 구강전문병원 보철실 설비 세팅 및 보건의료체계에 대한 모니터링을 비 롯해 보철사를 대상으로 한 기술교육을

▲ 박남용 원장

시행했으며, 남북특위는 북측에 학술교류를 공식적으로 제안했다.

이후 2005년 3월 건치 8차 방북단은 지원물품 및 장비들을 세팅하 고 사용법에 대해 교육하고, 학술대회에 대한 내용 협의에 나섰다. 당 시 상황에 대해 박남용 원장은 "남북한의 요구가 서로 달라 많은 논의 를 거쳤다. 더군다나 북측에서는 서면 약속을 꺼리는 분위기가 있어

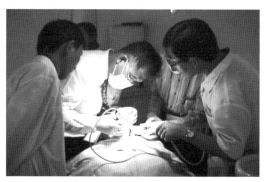

▲ 2005년 제1차 남북 구강보건분야 과학기술 경험교류에서 인공 치아이식 시연 중

일의 진척이 아주 더뎠다"면서 "대화 를 통해 서로 양보 해 가면서 어느 정 도 합의가 됐을 때 정세가 안 좋아지 면서 그해 10월에

▲ 제1차 남북 구강보건분야 과학기술 경험교류

야 학술대회를 열 수 있었다"고 밝혔다. 같은 해 10월 3일에 '남북 구강보건 분야 과학기술 경험교류'란 이름으로 진행된 학술대회가 남북특위 위원들에겐 가장 기억에 남는 일이라고. 당시 교류회에는 건치와 우리민족서로돕기운동 측

▲ 2005년 10월 3일 남북 구강보건분야 과학기술 경험교류

에서 총 27명이 북한을 방문했다. 이에 대해 이상복 원장은 "당시 처음으로 북측 구강의사를 만날 수 있었다"면서 "단 하루였지만 그런 선례가 없어 뿌듯했다. 당시 우리 목표는 남한 치과의사들이 북한의 구강보건 상황을 직접 확인하고 그들과 교류하는 것이었는데 어느 정도 목표를 달성한 것 같았다"고 회상했다.

남북 치과의료 격차 줄이기에 범 치과계가 함께

이런 남북특위의 대북지원 사업이 치과계 안에서 의미가 있다는 평가가 나오면서, 이를 치과계 전체로 넓혀야 한다는 목소리가 나왔다.

그래서 대한치과의사협회를 필두로 대한치과기공사협회, 대한치과위생사협회, 대한치과기재산업협회 등 유관단체가 참여하는 '남북구강보건의료협의회(이하 남구협)'가 2006년 3월 30일 결성됐다.

남구협은 대북지원에 대한 범 치과계 협의체로 지금까지 기능하고 있다. 남북특위는 남구협과 함께 대북지원물자 보내기를 비롯해 개성공단

▲ 남구협, 2007년 조선적십자 병원 구강수술장 방문

내 치과 진료소 설립을 추진했다. 남구협은 2007년 방북해 개성공단 방문회의를 열고 남북근로자의 근로환경 및 구강진료 현황을 파악하고 진료소의 위치 및 규모 등을 논의하고, 공사부터 이후 진료 진행에 관한 전 과정을 진두지휘했다.

▲ 2008년 평양 겨레하나 치과병원 준공식

2008년 5월에는 겨레하나 치과병원(평양 제1인민병원 구강과) 준공식에 맞춰 '2차 과학기술경험교류' 개최를 다시 제안했고, 마침

▲ 이상복 원장

내 그 해 10월 '남북학술간담회 및 시연회'를 진행하게 됐다.

당시 총괄기획을 맡은 이상복 원장은 "애초에 우리가 구상한 시나리오대로 학술교류가 진행되지 않을 걸 염두에 두고 플랜을 여러 개를 짜서 갔다"며 "그때 목표는 치과 기자재 같은 하드웨어 지원뿐 아니라 북측 구강의사들이 남측의 치과의료에 대해 알 수 있도록 도서관을 설치하고 책을 기증하는 것이었다. 이것을 달성해 기뻤다"고 전했다.

남북특위는 학술교류에서 취합된 자료를 바탕으로 2009년엔 북한의 ◇ 의료체계 ◇ 의료인력 양성 ◇ 구강 치료의 실제 및 교육체제 ◇ 병원운영 ◇ 충치 치료를 주제로 간담회를 진행하고 '10년의 활동보고 백서'를 발간키도 했다.

이후 2016년 2월 북한의 핵실험, 장거리 로켓 발사로 개성공단이 폐쇄되기 전까지 개성공단 진료사업에 적극적으로 참여해 왔으며, 지난 5월부터는 건치 지부를 대상으로 한 순회강연을 시작으로 9월에는 우리민족서로돕기운동과 MOU를 체결하고 대북지원 사업의 새로운 활로를 모색 중이다.

한편, 남북특위는 지금까지 사업을 돌아보며 가장 아쉬운 점으로 "항상 정치적인 문제로 발이 묶이는 일"이라고 입을 모았다.

'북한보건의료 전문가' 양성이 향후 과제

남북특위는 처음 결성될 때부터 "단순 지원이나 교류가 아닌 통일 이후의 남북 치의학의 격차를 줄이기 위한 대비"를 목표로 세웠다. 현재 개성공단 폐쇄 조치로 인해 무척이나 경색된 남북관계에도 불구하고, 남북특위는 향후 10년, 그리고 통일을 내다보며 '북한 구강보건 전문가 양성'을 추진해야 한다고 의견을 모았다.

이상복 원장은 "지금까지 실무위주의 사업만 계속 만들어내고, 추진해 왔다"면서도 "정세에 민감한 사업이기 때문이기도 하지만, 실제로는 북한 보건의료를 연구하는 전문가가 거의 없어 그때그때 정보들을 취합해 가면서 다음 사업을 구상하는 건 힘에 부치는 일"이라고 현 상태를 진단했다.

이에 김인섭 위원장은 "현재 치협에서 치의학연구소 설립을 추진하고 있는데, 거기에 한 분과로 통일치의학이 들어가면 좋겠다"라며 "지금까지 남구협을 통해 이룬 성과, 쌓아온 데이터를 기반으로 남북간 구강보건의료체계 비교라든지 남북 모두에 발전되는 연구들을 할 필요가 있다"고 제안했다.

▲ 김인섭 위원장

김 위원장은 "남북문제는 흔히 우리 내에서는 민족문제로 바라보지만, 실상은 동북아시아의 공동의 평화체계를 만드는, 그 지점에 있다"

면서 "당장 핵 문제뿐만이 아니라 민간차원에서라도 서로를 알아가면

서 한반도 평화를 구축하고, 통일을 준비해야 한다"고 강조했다.

▲ 2004년 조선적십자종합병원 구강전문병원 내부

아울러 그는 "독일통일의 교훈에서

처럼 통일 후 양 국가의 의료체계 통합에 반드시 혼란이 생길 것"이라며 "경험교류 수준의 것 이상으로 체계적인 연구를 시도하는 학회, 그룹들이 생겨야 할 것"이라고 밝혔다.

▲ 2008년 건치 23차 방북. 방문단이 북한측 인사와 이야기를 나누고 있다.

'정책'을 '사회적 실천'으로 연결한다

건치 구강보건정책연구회 원년멤버들을 만나다

이상미

이번에 살펴볼 건
치 산하조직은 구
강보건 정책의 브레
인이 집결한 건치
구강보건정책연구
회(회장 전양호 이하
정책연구회). 긴 호
흡으로 활동한 초

▲ (좌)전양호 회장 (우)정세환 교수

창기 회원부터 젊은 피로 구성된 신규 회원들까지 다양하게 뭉친 덕
에, 건치 내부에서 개성 있는 역량을 발휘하는 조직으로 꼽힌다.

정책연구회는 정책 연구 및 실행 과정에서 적극적으로 구강건강 불
평등 개선을 위해 노력하고 있다. 건강보험 보장성 확대나 아동청소년
치과주치의 등 현재 실현된 정책의 면면에서 그간 노력한 회원들의 흔
적이 엿보인다.

건치신문은 정책연구회 원년멤버인 전양호 회장과 강릉원주대 정세
환 교수를 만나 정책연구회의 지난 활동내역을 평가하고, 아울러 향후
조직의 발전 방향을 모색했다.

구강보건법을 위해 '치과계 브레인'이 뭉치다

▲ 정책연구회 발족식

정책연구회의 시작은 지금처럼 정기적으로 운영되는 '연구회'보다는 일시적 사안을 위해 모임 'TF팀'에 가까웠다. 1997년 보건복지부에 구강보건과가 만들어지면서 해당 과를 운영하기 위해 법을 제정해야 했던 상황.

이에 초대 정책연구회 회장인 신동근 선생을 비롯해 대학 교수직에 몸담은 이들을 주축으로 정책연구회가 결성된다. 법안을 만들고 이후 시행령과 시행규칙을 만드는 과정에서 현재까지 정책연구회에 남아 활동하는 '진성' 회원들이 가세했다.

정세환 당시 이천 지역구 의원이자 치과의사 출신인 한나라당 황규선 국회의원이 구강보건법을 준비했는데, 이 법의 초안을 만들 사람들이 필요했다. 그 때는 대한치과의사협회(이하 치협)에 지금처럼 정책연구소가 있는 시절이 아니었다. 이때 구강보건법을 만드는 데 건치가 많은 역할을 했다. 외형적으로는 치협이 주도했지만 그 안에서 실무를 한 건 건치였다.

초대 구강보건 정책연구회장은 지금 국회의원으로 활동 중인 신동근 선생님이 맡으셨다. 그밖에 원광대학교 이흥수 교수와 강릉원주대 박덕영 교수 등 학교 쪽에 있는 분들이 주축이 돼서 공청회 준비와 법안을 만들기 위해 정책연구회를 결성했다.

문제는 법 제정 후 시행령을 만들어야 했는데 선배들이 법을 만들고 다 사라지신 거다. 그 와중에 당시 보건복지부 서현석 사무관이 시행령을 만드는 데 정책연구회 사람들이 참여해주길 바랐다. 그 과정에서 내가 정책연구회에 들어왔다. 김철신·곽정민 선생은 이미 있었고, 나중에 류재인 선생과 전양호 선생까지 합류했다.

전양호 내가 정책연구회에 합류할 때 공보의 2년 차였다. 예전부터 꼭 건치가 아니더라도 사회활동을 해야겠다는 생각이 있었다. 그러던 차에 김철신 선생이 같이하자고 제안해서 가게 된 거였다. 그 이전에는 특별한 뭔가를 했던 사람도 아니었으니까 "그냥, 일하러 가자"는 생각이었던 거다. 정책연구회 일을 한 지 15년 됐고 회장까지 됐는데 실무 하면서 뒤풀이 장소 알아보고 하는 건 예나 지금이나 똑같다(웃음).

'원활한 팀워크'로 진행된 사업들

"우리가 명확한 방향성을 갖고 연구회를 만든 건 아니었다"

정책연구회가 조직된 초창기를 떠올리며 나왔던 정세환 교수의 설명이다. 하지만 막연한 상상보다는 생생한 현장경험에서 도출된 방향성이 더 명확한 법. 정책연구회 회원들은 정부의 연구용역을 수행하거나 보건의료단체와 연대활동을 하는 등, 생생한 현장 경험을 통해 조직의 방향성을 가늠해갔다.

공공의료체계나 보험 보장성 확대, 의료민영화 반대 등 향후 주요하게 다루는 정책 이슈의 가닥이 이때 잡힌다. 그 과정에서 손발이 척척 맞는 '정책연구회 표 팀워크'도 생겼다.

▲ 정세환 교수

정세환 시행령 작업을 마무리한 2001년부터는 정책연구회 활동의 새로운 미션이 없었다. 그러던 차에 당시 DJ 정부가 들어서면서 보건의료와 관련해 새로운 사업 제안을 받고 싶어 했다. 구강보건과가 신설되면서 그쪽 국장들이 새로운 정책 제안 아이템을 염두에 두기 시작했는데, 치협 측에서는 구강보건법을 만들었던 정책연구회가 그 역할을 해주길 기대한 거다. 그러면서 매년 한 해 2건 정도씩 정책연구회에게 연구 용역을 주기 시작했다. 그 일들을 수행하는 과정에서 나름대로 내부에서 팀워크가 생겨났다.

전양호 그때 만들어진 우리만의 팀워크는 이런 거였다. 정세환 교수가 일을 수주하면 김철신 선생이 중간에서 업무를 조율하고, 내가 직접 실무를 하는 식이었다. 이 과정에서 암묵적으로 팀워크가 생긴

▲ 정책 토론회에서 함께 공부했던 멤버들

거다. 일하는 과정에서 특별히 반대토론을 할 만한 게 없었다. 하자는 대로 쭉 가다 보니 사람 수는 적은데 오히려 일은 무척 많이 하게 되더라. 호흡이 잘 맞는 것도 있었지만 각 역할에 맞는 역량을 갖춘 사람들이 일했기에 가능했다.

당시에는 한 달에 한 번 토론회를 열기도 하고 치과 관련 정책을 공부하는 정책학교도 운영했다. 나름 커리큘럼도 알차게 구성했다. 참여자들이 팀을 구성하고 연구 프로젝트를 계획해서 보고서를 작성하고 발표하는 것까지 진행했다. 사실 계속 하려고 했는데 2년 차 때부터는 지원자가 없더라…. (웃음). 치과계 내에서 구강보건 정책을 연구하는 사람들이 얼마 안 되기 때문에, 들을 사람들은 초반에 다 들었던 거다. 이후에는 2007년 대선에서 제안한 구강보건 정책과제 작성 작업을 진행했다.

정세환 당시 정부가 관심 있어 하던 정책과제 중에는 의료시장 개방이나 장애인, 공공의료 체계와 관련된 내용이 많았다. 공공 의료체계를 어떻게 가져갈 것인지, 치과 쪽 건강보험을 어떻게 다뤄야 할지에 대해 알고 싶어 했다. 여기에 의료시장이 개방된다는데 이를 어떻게 할 것인지에 대한 치과계 내부의 관심도 높았다. 우리가 방향성을 갖고 연구회를 만들지는 않았지만, 정부 일을 하는 과정에서 공공의료체계와 치과 건강보험, 의료 상업화라는 세 가지 주제에 대해 생각해볼 수 있었다. 이 주제들을 바탕으로 다양한 공부를 했고, 그 결과를 총괄한 게 2007년 낸 정책보고서라고 봐야한다.

▲ 야심 찬 시도로 시작한 정책전문가 학교는 1기의 추억을 남기고 사라지고…

우리가 정책연구회 활동을 하면서 가장 영향을 많이 받았던 건 치과계 내부보다 오히려 보건의료단체들의 정책이었다. 치과계 외부의 보건의료단체들과 정책 차원에서의 연대 활동을 하다 보니 보건의료 분야에 원하는 국민의 요구사항을 파악하기에 좋았다. 이때의 경험을 바탕으로 2007년 보고서를 쓸 때 국민들이 무엇을 원하는지, 다른 보건의료계는 지향점을 어떻게 가려고 하는지를 보려고 했다.

그간 활동에 관한 아쉬움, 그리고 새로운 '방향성'

전양호 회장과 정세환 교수에게 그간 진행한 사업에서 아쉬운 점이 있는지 묻자, 보험 보장성 확대와 전문의제에 대한 내용을 말했다.

두 사람은 사업진행 과정에서의 미숙함을 성찰하기도 했지만 그간의 경험을 바탕으로 수립해야 할 조직 방향성에 대해 진단하기도 했다. 여기에는 새로운 회원들을 통해 엿보게 된 활동 영역에 대한 내용도 포함됐다.

전양호 몇 년 전부터 느끼는 건데, 정책연구회가 치과의사들 좋은 일만 시킨 것 아닌가 하는 생각이 들 때가 있다. 구강보건 불평등 부분이 핵심 이슈라고 생각하고 급여 확대를 위해 노력해왔는데, 이게 불평등 개선에는 그리 효과가 없다는 것으로 드러나고 있기 때문이다. 그 과정에서 소득과 경제 상황에 따른 구강 불평등 문제를 해결할 수 있을까에 대한 회의가 느껴진다. 그리고 치과의사 전문의제도 관련해서도, 지금 내가 그 일을 하고 있는데 후회가 되는 순간이 많이 있다. 돌아보면 전문의제를 바로잡을 기회가 너무 많았다.

정세환 우리가 2003년과 2004년에 주로 다뤘던 것이 전문의제인데, 당시에는 그 주제를 다루는 게 굉장히 서툴렀던 것 같다. 절대적인 선을 정해놓고 그 선에 맞지 않으면 안 된다는 식의 생각이 우리 안에 있었다. 좀 더 정책에 대해 유연하게 접근했다면 더 나은 방향으로 전문의제를 견인하지 않았을까 싶다.

기회가 있었을 때 긴 호흡으로 접근했어야 했던 거라고 본다. 정책을 세우더라도 그게 가시화되는 건 10년 후쯤이니까. 우리와 다른 의견일지라도 방향성만 맞으면 더디더라도 받아줬으면 됐을 텐데 싶어 아쉽다. 지금 단계에서는 새로운 정책을 개발하기보다 사회에서 반응한 제도들을 어떻게 더 성숙시키고 올바른 방향으로 끌고 갈지 고민해야 한다고 본다. 연구가 교수에게 독점되는 시대는 지났으니까. 정책 참여자가 현장에서 느꼈던 것들이 정책에 반영되면서 옳은 방향대로 가야할 것이다. 그런 면에서 지금 정책연구회의 구성이 바람직하다고 생각한다. 정책연구회 회원인 황지영 선생의 경우 장애인 치과라는 현장에 직접 있으니까.

▲ 전양호 회장

전양호 황지영 선생을 포함해 지금과 같은 정책연구회 멤버가 구성된 건 김용진 선생님이 정책연구회 회장을 맡은 이후의 일이다. 당시 김철신 선생은 치협 일을 하러 갔고, 그 이후에는 정세환 교수가 내부 세미나를 하자고 해서 세미나 중심으로 정책연구회를 운영했다. 그러면서 황지영 선생도 들어오고, 김의동 선생도 꾸준히 멤버십을 갖고 참여하게 됐고, 옥유호 선생도 들어왔다. 현재 활동하는 정책연구회 회원 중 황지영, 옥유호, 김아현 선생은 각자 자신만의 방식대로 장점을 갖고 있다. 김경일 선생은 실무 능력이 높고 김준용 선생도 해맑게(!) 뛰어난 사람이다. 지금의 정책연구회 멤버들은 자기 발로 들어온 사람들이 대부분이다. 자신이 좋아하는 것, 혹은 공부해야 할 주제에 대해 명확한 생각을 하고 들어온 분들이다.

정세환 지금 조직 분위기를 살펴보면 우리한테 좀 리버럴한 부분이 있다고 생각한다. 수직적인 조직체계를 선호하지 않으니까. 자유로운 분위기가 분명 있다. 연구도 그렇지만 각 구성원의 성격 자체도 다양하다. 그러다 보니 정책연구회의 소통 과정이 꽤 오랜 시간 걸릴 때도 있다. 하지만 한번 사업을 정하면 일 처리 과정이 체계적으로 정리된다. 예전에 정책연구회 활동을 했던 분들은 학생운동의 연장선상에서 건치를 거쳐 정책연구회로 이어져 왔다고 생각한다. 이와 달리 지금 오는 분들은 보건의료 운동 속 건치를 보고 정책연구회 활동에 참여했다고 봐야할 것이다.

전양호 정책연구회에서 무척 마음에 드는 게 있다. 바로 회칙이다. "우리는 정책연구와 함께 각종 연대 사업에 충실해야 한다"는 내용인데 이게 참 마음에 든다. 정책연구회 활동을 통해 다양한 단체와 연대

▲ 현재의 정책연구회 멤버들

한 것은 물론, 연구한 정책이 현실화된 것까지 생각하면 자랑스럽다. 아동치과주치의제만 해도 "이게 될까" 싶었는데 건치 서울경기지부에서 이 사업을 진행했다. 이 사업이 지방자치단체에 알려지면서 이제는 가장 큰 지자체인 서울시에서 아동치과주치의 사업을 하고 있다. 연구에서 사회적 실천으로 연결되는 것이 정책연구회의 완성된 모습이라는 생각이 들고, 그런 측면에서 여타 연구회나 단체들과는 다른 장점이 있다고 생각한다. 그리고 이런 면이 미래의 가장 큰 동력이다.

정세환 정책연구회의 조직적 측면에 전적으로 공감한다. 여기서 하나 더 얹는다면, 보건의료 단체 쪽과 소통해가면서 서로 반응해가는 구조가 있는데, 여기에 일반 시민과의 접점을 만들어가고 싶다. 시민들과의 접점은 아직 경험이 미흡해서 어떻게 풀어야 할지 모르겠지만 말이다. 앞으로 구강보건 정책을 만드는 과정에서 시민이 어떻게 참여할지를 연구 과정으로 녹여내는 게 중요해 보인다. 이건 정책연구회 조직의 과제가 될 것이다.

개인적 차원에서 정책연구회를 생각하자면, 사람이라는 게 본인이 생각하는 바를 확인받고 싶은 욕구가 있어 보인다. 나에게는 그런 모임이 꼭 필요한데 정책연구회가 그런 곳인 거다.

정책반영 위한 노력이 '보람된 결실'로

보고서 발간과 정책 토론회까지, 구강보건정책연구회가 걸어온 길

이상미

건치 구강보건정책연구회의 인터뷰에 이어, 이번에는 보고서 발간과 토론회 진행 등 정책연구회가 남긴 그간의 행적을 살펴보고자 한다.

정책연구회는 한국사회에 만연한 구강보건 불평등을 개선하기 위해 기존 정책의 한계를 분석했다. 또한, 이 분석을 바탕으로 정책대안을 제시하면서 정책 실행에 대한 구체적 제정 추계와 구강보건 정책의 로드맵을 제시해왔다.

정책연구회의 궤적과 더불어, 정책연구회 활동의 '산 증인'인 김철신 전임회장의 미니 인터뷰도 함께 전한다. 김 전임회장은 자신의 경험을 바탕으로 정책연구회의 연구사업을 관통하는 문제의식에 관해 설명했다. 더불어 그는 실현된 정책이 진료 현장에서 어떻게 피부로 느껴지는지에 대한 소회도 밝혔다.

구강보건정책에 대한 치열한 고민과 연구 '보고서 발간'

정책연구회는 1998년을 시작으로 구강보건 정책 관련 연구보고서 발간에 힘썼다. 초기 보고서의 경우, 남북한 통일을 염두에 둔 구강보건 정책 연구가 눈에 띈다. 《남북한 통일 구강보건의료제도 구상

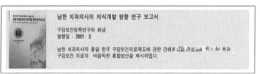

(2001)》과 《통일한
국구강보건의료제
도 수립을 위한 남
한 치과의사의 의
식개발 방향 연구
보고서(2001)》는
이 시기의 성과다.

▲ 도서출판 '건치'에서 출간된 보고서들

　당시 정책연구회는 남북한 통일 이후 구강보건 의료 제도의 통일이
필요하다는 점을 염두에 두고 양측 구강보건제도의 통합 기준을 제시
하고자 했다. 아울러 남북한 통합에 대한 남한 치과의사의 견해를 조
사하고, 더 바람직한 통합안을 만드는 데 주력했다.

　이후 정책연구회는 보험급여 확대와 장애인과 노인 등 의료혜택이
필요한 계층을 조명하는 데 집중한다. 《장애인 구강보건정책 개발을
위한 기초연구(2002)》와 《2002년도 치아홈메우기 및 노인의치보철사
업에 관한 평가연구(2002)》《치석제거의 건강보험 급여방안 모색을 위
한 기초 연구(2006)》는 이 시기의 연구 결과물이다.

　이밖에 정책연구회는 공공 구강보건 분야에도 관심을 기울여 《2001
년 보건소 구강보건사업 표준모형 개발을 위한 기초연구(2001)》를 편
찬하는 등 공공 의료체계 개선에 대한 연구도 진행했다.

　2000년대 중반에 들어 정책연구회는 노인틀니 급여화 확대, 치과
주치의 제도 등 현 시점에서 활발히 논의되는 구강보건 정책에 대한

연구성과를 내놓는다.

2007년 당시 발간된 《2017 건강세상 실현을 위한 구강보건 정책과제(2007)》도 중요한 결과물로 꼽힌다. 이 보고서에는 2007년 대선을 앞두고 향후 10년간 구강보건 정책의 향방에 대한 제안, 더불어 보건복지부의 구강보건팀이 해체된 상황에 대한 대안이 담겨 있다.

정책 논의의 핵심활동인 '토론회 개최'

정책연구회의 주요 결과물인 보고서는 모두 치열한 토론회를 통해 내용의 탄탄함을 기했다. 특히 토론회는 2002년을 기점으로 정책연구회가 순수 연구체계로 전환을 선언하면서 정책연구회의 중점 활동이 됐다.

정책에 대한 사업 수행계획 토론은 물론, 세계 의료개혁 흐름과 관련한 해외 사례도 중점적으로 조명됐다. 2003년 9월 '세계 의료개혁의 최근 흐름'이란 제목으로 진행된 토론회에서는 미국과 영국, 네덜란드의 사례가 소개됐다.

스케일링 보험급여 확대, 노인장기요양보험의 치과영역 요양급여 개발

▲ 건치신문과 공동주최했던 '의료법 개정안의 의미와 전망' 토론회

정책 등의 주제도 토론회에서 중요하게 다뤄졌다. 정책연구회 내부 토론회와 함께 정책에 대한 주요 이해 당사자인 정당과 공단, 시민사회단체를 포함하는 토론회도 꾸준히 개최됐다. 이를 통해 정책에 대한 현장의 목소리를 반영하는 논의의 장이 만들어졌다.

이밖에 정책연구회는 전문의제 토론회 등 국내 치과의료 인력 수급 문제에 대해서도 꾸준히 관심을 기울이면서 관련 논의를 활성화시켜 나갔다.

2000년대 후반에는 구강보건 정책의 대선 공약화를 위한 토론회가 큰 주목을 받았다. 정책연구회는 이 토론회에서 ◇ 아동 청소년의 예방 중심 치과의료 전면 보장 실현 ◇ 노인 장애인의 구강건강 관련 삶의 질 향상 ◇ 공공 구강보건 인프라 대폭 확충 ◇ 인두제 도입 등 향후 정책연구회가 추진하는 주요 정책 방향을 구체적으로 제시했다.

인두제 등의 논의는 2010년 5월 진행된 '아동 청소년 치과주치의 제도와 건치의 역할' 토론회에서도 주요하게 언급됐다. 이 토론회에서 주치의 제도 도입을 반대하는 의료 공급자들에게 수가 정책의 대안이 제시되는 등, 현재 주요 지방자치단체에서 시행 중인 치과 주치의 제도에 대한 중요 내용이 풍성하게 논의된 바 있다.

미니인터뷰 정책연구회 김철신 전임회장

Q 정책연구회에 참여한 계기가 궁금하다.

A 정책연구회 회원으로 활동하면서 구강건강 불평등을 개선하려는 건치의 주요 정신을 실제로 구현하고 싶었다. 그러기 위해서는 구체적인 정책 대안들을 만들고, 그에 대한 근거를 갖춰 설득하고 싸워나가는 게 중요했다. 국민 건강권 향상을 위해 구호를 외치는 것과 그 구호를 뒷받침할 실행 가능한 계획을 제시하는 건 꼭 필요했으니까.

Q 정책연구회 활동 중 가장 기억에 남는 일을 꼽자면?

A 가장 기억나는 것을 꼽자면 노인틀니 급여화 운동이다. 2000년대 초반만 해도 노인틀니를 급여화하자는 내용은 꿈같은 소리로 여겨졌다. 비용이 천문학적으로 들어갈 것이다, 혹은 치과의원들이 타격을 받고 줄줄이 망해갈 것이다. 등등 의견이 분분했다.

이 상황에서 당시 건치는 정책연구회를 중심으로 노인틀니에 대한 구체적 실행안을 준비해나갔다. 정책연구회에서는 그때까지 나와 있던 자료들을 모아 재정을 구체적으로 계산하고, 치과 의원이 수용 가능한 수가를 추정했다. 아울러 제도 안착을 위해 실시할 수 있는 여러 대안이 검토됐다. 지금 생각하면 현재 시행 중인 노인틀니 급여화 제도와 크게 다르지 않은 대안이다. 여기에 본인 부담금 인하에 대한 방안도 함께 제시됐으니, 매우 깊이 있는 연구가 진행된 셈이다 (웃음).

Q 정책 제안도 중요하지만, 정책실행과 관련한 실무자 설득도 중요했을 텐데?

A 정책연구회가 진행한 연구결과를 바탕으로 이해 관계자들을 열

심히 설득해나갔다. 시민사회단체들과 함께 캠페인을 진행하기도 했고. 정책을 알리는 과정에서 막연하게 설득한 것이 아니었다. 정책연구회가 진행한 구체적 성과들이 있었으니까. 일 년에 수십 차례 간담회와 토론회를 열었다. 이런 노력 끝에 시민사회단체를 중심으로 정책연구회가 제안한 정책들이 인정받은 것은 물론, 노인틀니 급여화까지 이뤄낸 것으로 생각한다.

덧붙여 말하자면, 정책연구회가 추진해 실현된 정책과 관련된 에피소드가 있다. 2012년 당시 노인틀니 급여 시행 첫날 오전 9시 전부터 문 앞에서 기다리던 분이 계셨던 거다. "오늘부터 틀니 보험이 된다고 해서 왔다"고 하면서 치과에 같이 들어섰다. 지금도 내가 운영하는 치과의원 앞에 기다리던 그 환자를 잊지 못한다.

Q 그간 활동해온 회원으로서 정책연구회 활동의 가장 큰 보람을 꼽자면?

A 건치의 정신을 반영할 정책을 마련하는 것. 그 정책의 근거와 실행방안을 만들어내는 것. 나아가 정책에 의해 국민들의 구강건강과 삶의 질이 향상되는 구체적 진료를 하는 것. 이 모든 과정을 해볼 수 있다는 것을 꼽고 싶다. 이는 다른 회원들과 함께했기에 가능한 경험이었다. 최근 지방자치단체에서 주목받고 있는 아동청소년 주치의제도도 마찬가지의 경험을 가져올 것이라 믿는다.

화해와 평화 위한 건치 가치 계승한 '평연'

송필경 대표이사 인터뷰…"베트남 역사 속 한국의 잘못을 밝히고 진정한
화해 이끌고자 한다"

윤은미

"2001년 3월, 베
트남에서 국민시인
으로 추앙받는 탄
타오 시인의 강연
을 들었다. 시인은
강연 마무리에서
눈을 지그시 감고
우리에게 나직이
속삭였다.

▲ 송필경 대표이사

'한국과 베트남 사이에 증오의 흔적이 사라지고, 사랑만이 남아있는
그런 세상을 만드는 일은 이제 당신과 나의 몫이 아닌가?'

나는 그 강연을 들은 후, '내가 당하고 싶지 않은 일을 남에게 하지
마라'라는 금언(金言)을 내 윤리의 모토로 삼았다. 우리가 일본에 윤리
적 반성을 요구함은 우리가 베트남에 윤리적 반성을 실천해야 하는 과
제와 다름이 아니라는 것을…"

사단법인 베트남평화의료연대(이하 평연)는 알려진 대로 건치에서 베

트남 민간인 학살지역을 돕기 위한 사업의 목적으로 1999년 시작됐다. 평연을 세운 송필경 대표이사는 당시를 이렇게 기억했다.

"베트남 평화운동가 구수정 박사가 역사 공부를 하던 중에 베트남 전쟁의 한국군에 관한 비밀문서를 발견하면서부터였다. 한국군의 잔인한 학살을 확인하고 난 뒤, 같은 해 한겨레신문이 내용을 폭로하면서 큰 파문을 몰고 왔다. 약 9천 명의 민간인이 한국군으로부터 학살을 당했다는 내용이었다."

파장을 뒤로하고 베트남 땅을 처음 밟았을 때 건치는 '화해와 평화'를 위한 긴 여정을 시작했다. 평연의 초기 이름도 이러한 의미를 담아 2001년 '(가칭) 화해와 평화를 위한 베트남 진료단'으로 정했다.

그가 베트남에서 이루고자 했던 것은 궁극적인 평화였다.

"진료단으로 시작했지만, 진료에 목적을 둔 시작은 아니었다. 진료를 통해 역사에 사죄하고 화해를 하기 위한 첫발이었다. 진료 활동만 해도 베트남까지 오가는 비용 문제 등 한계가 많다. 우리가 처음 계획했던 역사적 화해는 아직 이뤄내지 못했지만, 한국군 4대 학살지역을 모두 돌면서 주민들과 이룬 관계 개선은 성과라고 자부한다. 베트남 관련 단체들 중 평연이 가장 오랫동안 해온 활동이다."

중단기적 과제였던 4대 학살지역 진료 활동을 모두 마친 지금 평연은 더 먼 길을 앞에 두고 있다. 우리가 일본에 요구하듯이 역사적 진실을 바로 잡기 위한 활동이 남았기 때문이다. 그사이 늘어난 베트남 관련 시민단체들과 통합해 사업 규모를 확장하자는 의견도 나오고 있다.

"아직 양국간 역사적 문제가 완전히 해결되지 않았다. 평연은 한국의 시민단체로서 우리나라가 역사적 반성을 할 수 있도록 이끄는 역할을 해야 한다.

현지 진료소 세워 상시 진료시스템 구축 방침
베트남전 참전에 대한 책임 있는 자세 이끌 것

평연은 이제 베트남 현지에 진료소를 세우고 상시 진료 체계를 갖추려고 한다. 근거지는 베트남 다낭 근처로 보고 있다. 학살지역의 마을에도 소규모 진료소나 모바일 이동진료버스를 운영할 계획이다. 진료소 설립은 장기적 목표를 이루기 위한 새로운 첫걸음이다."

'역사는 윤리와 만나야 한다.' 그가 직접 쓴 저서 《왜 호찌민인가》에서 그는 우리와 닮은꼴의 역사를 가진, 그러나 우리와 달리 민족 통일을 이뤄낸 베트남의 투쟁 역사를 존중하고 귀감으로 삼아야 한다고 말한다. 그리고 지금까지도 베트남이 전쟁에서 미국을 이겨내고 민족 통일을 쟁취할 수 있었던 근기를 찾고 있다고 말한다.

▲ 송필경 대표이사

"나는 대학에 들어갈 때쯤 베트남 전쟁에 참전했던 선배의 이야기를 듣고부터 베트남에 관심을 두고 있었다. 그러다 베트남에 가서야 그들의 역사적 성과가 세계사적 의미를 담고 있다는 걸 깨달았다. 이후 나는 평연에서 우리가 베트남전쟁에 참전했던 역사를 반성하지 않고서 일본에 사과를 요구할 수 있는가에 대해 끊임없이 말해왔다."

베트남 현지 치과진료사업을 펼쳤던 평연에는 이제 치과의사와 치과위생사, 한의사, 의사가 함께 참여하고 있다. 평연은 지난 17년간 진료활동을 비롯해 베트남 청년 초청사업, 글짓기 및 사생대회와 같은 교육사업에도 일조해왔다.

건치 산하단체로 시작해 독립에서 사단법인을 이루기까지 한·베 양국의 연대단체 활동도 빛을 냈다. 통역단으로 결합한 베트남 NGO인 굳윌은 나눔가게를 설립했으며, 베트남 사회적 기업 아맙 등 현지 단체와 소통하며 양국 간의 외교적 관계 개선에도 노력을 기울였다. 최근에는 베트남전쟁에 대한 한국 정부의 책임 있는 자세를 이끌어내기 위한 한베평화재단 설립에도 기여했다.

이제 곧 20주년을 준비하게 된 평연은 변화하는 외교정세 속에 단체의 역할을 키워나가기 위해 계속 고민을 하고 있다. 건치 여러 산하단체의 모범적인 사례를 말할 때 흔히 평연이 언급되곤 한다. 사업의 가치를 성장시켜 독립해나가고, 독립된 단체가 다시 연대단체를 이끌어내는 과정을 이뤘기 때문이다. 송필경 대표와 평연의 원년멤버들도 지난 17년의 성과를 돌이켜본다.

"그래 평연 정도면 건치가 자랑할 만하지!"

"보건의료계 큰 틀 다룰 정론지 꿈꾼다"
건치신문의 나아갈 길을 묻는다

윤은미

할 일은 많고, 일할 머릿수는 적다. 신문이 광고로 먹고산다는 데 그나마 연명할 광고조차 가려 받으니 돈도 없다. 그래도 "우리가 돈이 없지 '가오'가 없느냐"며 보건의료계 정론지로서의 자존심을 지켜온 건치신문.

1994년 10월 계간지로 시작해 격주간지를 발행하며 역량을 한껏 끌어올리던 건치신문이 딱 10년 만에 심각한 적자 난에 맞닥뜨려 2004년 치과계 최초의 온라인신문으로 전향하기까지 23년여 세월을 함께 했던 '편집국 사람들'과 함께 언론의 나아갈 길을 고민해봤다.

올가을 건치신문
이 처음 터를 잡았
던 교대 인근에서
진행된 간담회에는
박길용 전 대표이
사와 문세기 전 편

집국장, 임종철 편집위원이 참석했다. 또 전민용 대표이사와 김철신 편집국장도 함께 자리했다.

▫ 일시 : 2016년 11월 4일 오후 8시

▫ 장소 : 서울 교대역 부근

▫ 사회 : 전민용 대표이사

▫ 패널

- 김철신 편집국장
- 박길용 전 대표이사
- 문세기 전 편집국장
- 임종철 편집위원

▶ '건치신문의 나아갈 길을 묻는다'가 주제네요. 미래에 대한 이야길 나눠보죠.

▲ 김철신 편집국장

김철신 치과계 전문지의 역할이나 보건의료운동이라는 관점에서 보는 역할을 고민하고 있다. 최근 몇 년간 기자들과 지내면서 보면, 치과계 주요 행사와 보건의료운동에 관한 이슈가 겹칠 때 우리 신문의 색깔이 드러났다. 타 전문지는 주요 행사에 가겠지만 우리는 상황에 따라 행사 취재를 관두고 이슈에 집중해왔다. 이번에도 故 백남기 농민 추모 특별판을 운영했는데, 건치신문만이 할 수 있는 역할을 좋게 평가하는 독자들도 있지만 그만큼 다른 꼭지를 편집하기 어렵다 보니 시의성 있는 기사를 놓칠

수도 있다. 이제 건치신문이 어디까지 역할을 할지 고민해 볼 시점이
된 것 같다.

지금 기자들이 죽기 살기로 학회며 협회 행사, 보건의료단체 활동들
을 모두 커버하고 있지만 힘든 상황이다. 전문지도 많아지고 보건의
료단체 활동들은 일간지에서도 다루고 있으니 어중간한 신문이 돼
버리는 느낌도 받는다. 그래서 나는 건치신문이 지향하는 바를 분명
히 했으면 한다. 내가 생각하기엔 건치신문은 보건의료에 대한 정보
를 해석하고 가공하는 역할이 필요하다. 이렇게 잘 다듬어진 정보를
유통하는 통로가 됐으면 좋겠는데, 그러기 위해서는 일의 우선순위
를 정할 필요가 있다.

▶ 요즘 다들 건치신문은 자주 보세요?

박길용 난 요즘 많이 못 봤다. 우리 신문이 기자 인원이 제한적이다
보니 치과계 소식은 다른 신문들이 다루는 만큼의 역량을 따라가
긴 어렵지 않을까 생각한다.

다만, 보건의료계 이슈를 제대로 다루려면 이 또한 집중적으로 매달
려야 하는 부분이다. 의료전달체계나 의료민영화 문제, 모두 중요하
다. 최근 몇 년 사이 이런 문제들이 더 확산하면서 당분간 수그러들
조짐도 없다. 그렇지만 잘 생각해보면, 이런 의료계 전체의 문제나
의료보험 체계와 같은 것들이야말로 치과계에서 정말 핵심적이다.
개원의들의 목숨줄이 달린 사안인데, 이런 정보를 제대로 전달하는
게 치과의사 대중에게는 더 큰 도움이 된다. 10년 전에 우리가 대범

하게 온라인신문으로 전향했듯이 이번 기회에 하나를 포기하고 길을 택하는 것도 방법이지 싶다.

▶ 사실 치과계 정책적인 부분은 정책연구회나 건치 산하조직에서 기사를 생산하는 방식이 더 맞지 않나 싶어요. 그래야 다른 언론이 범접하지 못하는 영역이 생기겠죠. 단순보도를 넘어서 건치신문만이 만들 수 있는 정보를 확보하는 게 더 중요하지 않을까요?

김철신 예전에 정책연구회가 보고서를 내면, 그 보고서를 시리즈로 게재하곤 했었는데 어느 순간부터 잘되지 않고 있다.

▶ 취재처별로 중요한 이슈를 나눌 수 있는 편집국 카톡방을 만드는 건 어떤가요? 일주일에 하루라도 정해서 한 시에 모여 실무적인 내용을 공유하는 거죠.

김철신 지금도 논설위원을 통해서 어떤 이슈에 대한 원고를 부탁하고는 있다. 더 활성화할 필요는 있다.

박길용 치과계 소식에 대해서는 전문지와의 기사 제휴를 진행하는 방법도 있다.

▲ 박길용 전 대표

"건치-건치신문 연결고리 강화됐으면"

문세기 사실 준비를 많이 하면 양질
의 인터뷰는 나온다. 지난 주말엔 집
회에 다녀와서 EBS를 보는데 강신익
교수가 인터뷰이로 나왔다. 방송이다
보니 준비를 많이 해서 정리가 아주
잘 된 느낌이었다. 대화하는 상대도
준비를 충분히 하고 필요한 이야기를
철저히 전달해주고 있었다. 어떻게 보

▲ 문세기 전 편집국장

면 건치신문의 콘텐츠인데, 훨씬 세련되게 준비해서 나가고 있었다.
일하다 보면 그런 경우가 많다. 자꾸 안 된다고만 하지 말고, 새로운
기획을 하고 잘 안되면 또다시 새로운 기획을 하면서 우리가 가진
콘텐츠를 잘 활용하는 것도 중요하다.

또 건치 중앙에서 요즘 가장 밀고 있는 사업이 '참치학교'다. 그런데
아직 이 사업이 건치신문과는 거리가 있다. 이걸 신문과 어떻게 결
합해 나갈지에 대한 고민도 크다.

김철신 편집국에서도 그런 고민 끝에 '초짜 공보의가 묻고 답하는 방
식'의 임상꼭지를 마련하려고 한다. 지금 공보의와 페이닥터의 참여
의지는 확보된 상태다. 추후에 참치학교와 연계할 수 있는 부분도
있을 듯하다.

문세기 개인적으로는 참치학교에서 신문사에 참관기나 수필을 쓰도록 하는 방식의 적극적인 진입로가 있었으면 한다.

김철신 그렇다. 그런 방식(임상꼭지)으로 건치신문에 들어오는 경로가 될 수도 있다고 본다. 독자를 넘어 편집국에서 활동하는 구성원이 될 수도 있다. 치대생 대상으로 건치신문이 결합해서 학생신문처럼 코너를 마련한다든지 할 수 있다. 지금의 학생 기자들도 그 정도는 쉽게 해내고 있다.

문세기 신문사 기자들을 제외하고 중앙과 지부까지 하면 5명의 상근자가 있는데 이들에 대한 연결고리의 역할도 고민해봤으면 한다. 치과의사가 아니지만, 보건의료운동 열심히 하는 사람들이 상근자 아니겠나 한다. 지금 건치의 가장 큰 문제점은 사람을 키워내지 못하고 있다는 것이다. 우리가 노력도 하지 않았으니 인재가 크길 바라는 건 무책임한 것이기도 하다. 이 부분에 대해서는 건치신문도 나름의 기획을 통해 신경을 쓸 수 있을 것 같다.

박길용 맞다. 신입 회원이든, 학부사업이든, 상근자 양성 문제든 간에 건치 사업이 가는 방향성을 신문도 따라가면 좋겠다.

"단순보도 줄이고 문화 콘텐츠 늘리자"

김철신 우리가 예전 종이신문과 다르게 건치 회원들이 글을 쓰는 빈

도가 많이 줄었
다는 것도 문제
다. 과거엔 신입
회원들에게 그런
역할을 많이 주
지 않았는가.

문세기 온라인신문의 강점 중 하나가 독자 대상이 넓다는 것이다. 앞으로 건치신문이 의료소비시장에서 공급자와 소비자의 관계를 잘 이끌어나가는 역할을 할 수 있지 않을까 한다. 의사들도 환자들의 이야기를 객관적으로 들어볼 필요가 있다. 일례로 지금 인천의 꿈베이커리를 만든 초기자본이 금에서 나온 것인데, 이것도 환자와 의사의 소통 관계에서 수익이 창출된 부분이라고 본다.

임종철 나는 사실 교정보는 것 말고는 지금 하고 있는 게 없는데(웃음), 교정을 보면서 느끼는 게 기자들이 글을 너무 많이 써야 한다는 생각이 든다. 보도자료로 대체해도 되는 기사들이 많은데, 일일이 취재 다니는 건 힘들지 않을까 싶다.

▲ 임종철 편집위원

김철신 광고에 대한 문제도 있다. 다른 온라인신문은 광고 때문에 다

망해 가는데 지속 가능한 역량을 갖추기 위해서는 제약회사나 기자재 업체들의 꼭지를 다뤄줘야 한다.

▶ 얘기 나온 김에 더 하자면, 의과는 제약회사가 많은데 우리 치과계는 제약회사 광고가 거의 없죠?

김철신 인사돌이나 이가탄이 있다. (웃음)

임종철 광고를 한다면 굳이 마다할 필요는 없지 않나 생각한다.

박길용 광고와 기사를 분리해서 생각할 필요가 있다. 우리가 자기검열이 과도한 면이 항상 있다.
이번에 제주도 워크숍에서 학생들과 이야기를 나눠보니 우리가 상당히 연륜이 있다 보니 젊은이들의 관심사를 들여다보는 소통이 중요하다는 생각이 든다. 2030 학생이나 젊은 치과의사들이 가진 근원적인 관심사가 있어야 한다. 선데이서울이 잘 팔리는 건 사람들을 자극하는 내용이 있기 때문이다. 치과의사 대중의 관심사가 있는 재밌는 소재가 필요하다. 이를테면 강신익 교수가 학생들과 대화하는 방식이 좋은 것 같다.

▶ 최근에 학생 기자들이 쓴 학교 주변 맛집 탐방 기획 좋았잖아요? 학생 기자들이 기획하는 콘텐츠를 좀 더 늘릴 필요가 있겠어요.

박길용 난 최근에 30대 여성치과의사들이 하는 허브치과 이야기가 참 재밌었다. 젊은 여성들이 아이를 키우면서 살아가는 이야기를 들어보는 건 어떤가. 우리는 다 지나간 시절이지만 젊은이들의 삶과 일상에 항상 이야깃거리가 있다.

김철신 더는 난상토론이 될 것 같으니 신문사가 워크샵을 갖고 지금 이야기들을 정리해보는 시간이 필요할 것 같다.

▶ 이런저런 아이디어는 많아요. 콘텐츠가 시작됐다가 자꾸 중단되는 문제도 있는데, 좋았던 기획을 다시 부활시켜 보는 것도 좋겠어요. 어쨌든 앞으로 방향을 온라인의 강점을 살릴 수 있는 쪽으로 가야 할 것 같아요. 지금까지 하는 카드뉴스, 인포그래픽이나 하다가 중단된 팟캐스트 같은 경우에도 다시

▲ 전민용 대표

시작했으면 해요. 살아가는 이야기들이 갖는 파워, 그러니까 문화 관련 콘텐츠를 키워나갈 필요가 있어요. 더 나은 건치신문이 되길 바라봅니다.

건치가
걸어온 길

4부

2016년 ·······················

1월 '영리병원추진중단, 건강보험흑
자 17조원을 국민에게' 릴레이 인
증샷
메르스 사태 책임자 문형표 처
벌·해임 요구 기자회견 참여

5월 5·18 광주 행사
노인 틀니·임플란트 본인부담금
인하 운동

6월 2016 구강보건의 날 '잘못된 치
과상식 바로잡기' 캠페인

7월 노인 틀니·임플란트 본인부담금
인하 정의당 공동 기자회견
하이디스 노조 농성장 치과검진

8월 히로시마 원수폭금지 2016년 세
계대회 참여
갑을오토텍 진료 지원 및 투쟁문
화제 참여
남북특위, 우리민족서로돕기운

동과 MOU 체결

9월 박근혜정부 탈법적 개인의료·질
병정보 기업유출 판매규탄 보건
의료인 기자회견 참여

10월 故백남기 농민의 사망진단서 정
정을 요구하는 치과의사·치대생
성명 발표
불소시민연대, 김해시 수돗물불
소농도조정사업 중단 결정 철회
를 요구하는 성명 발표

11월 내각 총사퇴와 박근혜 하야를 요
구하는 보건의료인 2586인 시국
선언
구강보건정책연구회, CMIT·MIT
치약 논란 좌담회

2015년 ·······················

1월 남북특위, 개성공단 진료

쌍용차 굴뚝 농성지지 캠페인 '에브리데이 굴뚝데이' 참여
구강보건정책연구회, 공공 치과의료 확충방안 연구 보고서 발간

3월 남북특위, 개성공단 진료 및 개성공업지구 구강보건의료사업 MOU 체결

4월 남북특위, 개성공단 진료

5월 5.18 광주 행사

7월 남북특위, 개성공단 진료 및 2015 통일기획패널사업-통일치의학 학술세미나 참여

8월 나가사키 원수폭금지 2015년 세계대회 참여
남북특위, 개성공단 진료

9월 건강보험 흑자 17조를 국민에게 운동 출범 참여

12월 백남기 농민 쾌유기원 국가폭력 책임자 처벌 인증샷 DAY 참여
1인1개소법 정당성 피력 의견서 헌법재판소 제출
제주녹지영리병원승인 및 입원료 본인부담률 인상 박근혜정부 규탄 기자회견 참여

2014년

1월 의료민영화 저지 선전물 배포
김미희 의원실 주관 시민단체 의료민영화 토론회 참여

2월 박근혜 정권 1년, 2.25 국민파업 지지와 의료민영화 저지를 위한 의사·치과의사 선언

3월 '또 하나의 약속' 일반인 무료 상영회

4월 남북특위, 개성공단 치과진료
구강보건정책연구회, 박원순 시정의 보건의료정책 평가와 정책방향 토론회 참여
아동·청소년 치과주치의제도 워크숍
구강보건정책연구회, 의료 민영화 문제점 및 공공치과의료 강화 방안 워크숍
남북특위, 어린이의약품지원본부 대북물자지원

5월 5.18 광주 방문
남북특위, 개성공단 치과진료
《이상한 나라의 치과》 출판기념회

7월 남북특위, 개성공단 진료
의료민영화 중단! 진실규명과 책임자 처벌을 위한 세월호 특별법 제정 촉구 보건의료인 시국대회
서울시 보건의료 9대 정책제안 관련 간담회 참여
전문치의제 긴급 토론회
한국여성재단과 여성가장 대상 치과진료 '엄마에게 희망을' 사업 MOU 체결

8월 남북특위, 개성공단 진료

9월 김춘진 국회 보건복지위원장 공동 주최, 치과 공공의료 확충을 위한 정책토론회
남북특위, 개성공단 진료

10월 남북특위, 개성공단 진료
건치신문 창간 20주년, 건치 설립 25주년 기념식

11월 세월호 유가족 치과진료

12월 세월호 유가족 치과진료 연계
남북특위, 개성공단 진료
서울시민 인권헌장 선포 촉구 성명 발표

2013년 ·······························

1월 전문치의제 졸속처리 반대 피켓
시위 및 유인물 배포
2월 치협 전문치의제 개선 방안 관련
특별위원회 위원 위촉
'양심수 사면·복권' 촉구 각계
인사 선언 참여
3월 아동·청소년 치과주치의제도 워
크숍
삼성 X파일 공개 노회찬 대표 유
죄판결 관련 각계 공동성명 참여
한미FTA폐기 대표자 선언대회
참여
4월 진주의료원 휴업과 폐원위기에
대한 보건의료인 선언 참여
진주의료원 폐원 철회 보건의료
인 단식 농성 참여
4.28 세계산재사망노동자 추모
문화제 시민추모위원 참여
5월 치의신보 주최 치협 선거인단제
시행 특집 좌담회 참여
5.18 광주 방문행사
6월 국정원 사태에 대한 시국회의 및
시민사회선언 참여
문송면·원진 노동자 산재사망
25주기 추모조직위원 참여
진주의료원 및 공공의료 지키기
설악산 종주대회
국정원 선거개입 및 수사은폐 규
탄 건치 시국선언
산재노동자 보건의료인 연대한
마당 참여
전문치의제 건치 간담회
쌍용차 해고 노동자 및 가족 치
과진료 1기 마무리
7월 현대차 모든 사내하청 정규직
전환 1만인 선언 참여

국정원 대선개입 시국에 대한 보
건의료인 선언 참여
8월 건치 참여 불소시민연대 출범
남북특위, 어린이의약품지원본
부 제83차 물자 북송식 참여
불법파견 정몽구OUT 고발운동
및 공동행동 참여
쌍용차 문제해결을 위한 범국민
대회 조직위 구성 참여
남북특위, 평양 만경대어린이종
합병원 구강과 방북
9월 쌍용차 해고 노동자 및 가족 치
과진료 2기 시작
10월 박근혜 정부 공약파기 규탄 노동
시민사회단체 공동기자회견 참여
밀양 송전탑반대 7650선언 참여
12월 삼성전자서비스 故 최종범 열사
자녀 '별이' 건강지킴이 증서 전달
남북특위, 개성공단 치과진료

2012년 ·······························

3월 한미 FTA 폐기 국민선언 참여
4월 19대 총선 치과의사 출신 후보
– 건치 정책 협약 체결
5월 75세 이상 완전틀니 급여 등 건
정심 결정에 대한 건치 입장 발표
의료민영화 저지를 위한 건치인
지리산 종주대회
6월 영리병원 도입반대 보건의료인
촛불문화제 참여
쌍용차 해고노동자 및 가족들을
위한 치과진료사업
7월 (13년 6월까지 사업 진행)
유사 영리병원 대응을 위한 시민
사회단체 제안
8월 광전, 부경, 전북지부 여름 한마

당 개최
치과의사전문의제도에 관한 건
치 의견서 발표

10월 치석제거 급여화에 대한 건치 입
장 발표

2011년

1월 건치 동호회 〈인문학연구회〉, 〈등
산동호회〉 조직

4월 구강보건부서 통폐합 성명, 치과
의료전달체계법안 국회통과 환
영 논평
치협 협회장 김세영 후보 당선
논평

5월 5.18 기념 광주 방문. 수불 30주
년 건치 토론회 개최

6월 제4회 환자권리의 날 토론회 공
동주최
인도적 대북지원을 위한 〈대화와
소통〉 참여
인도적 대북지원을 위한 보건의
료인 선언

7월 수불 30주년 사업을 위한 모금
및 국제 심포지엄 참여
아동·청소년 치과주치의제 2011
년도 제1차 워크숍
유성기업 파업농성 진료
보건련 무상의료정책발표보고
(치과파트 참여)
영리병원 도입 저지 및 유사 영
리의료법인 척결을 위한 특별위
원회 조직

8월 북녘어린이 밀가루 보내기 캠페
인 지원
반핵아시아포럼 및 한일반핵포
럼 대회 참여

불법네트워크치과 및 영리병원
저지 선전전
불법네트워크치과 및 영리병원
비판 성명서

9월 대치의 영리병원 반대 천명을 적
극 지지한다(논평)
유디치과 실질적 영리병원이다
(보도자료)
건치미래비전을 이야기하는 소
위원회 조직
건치 회원패 제작

11월 2011 건치 임원수련회 개최
'의료기관 1인1개소 원칙' 부정하
는 대네협 박인출 회장 반박 성
명 연명
대네협 소속 치과 의료법 개정안
의견청취
2012년 노인틀니 급여화, 환영
그러나 철저한 준비를(성명)

12월 건치 인터넷 직선제 공동대표 선출
건강보험 위헌소송 관련 기자회
견 참여

2010년

1월 용산참사 철거민열사 장례위원
30명 참여 및 기금 모금
《노인틀니 건강보험 급여화에 관
한 연구보고서》 발간
노인틀니 급여화 보고서 발표

2월 2010 베트남평화의료연대 11기
진료단 발대식

3월 2010 베트남평화의료연대 11기
진료단 진료

4월 구강보건정책연구회 주치의제도
정책 간담회 실시

5월 건치 토론회-아동청소년 치과주

치의제도와 건치의 역할
북한 만경대 어린이 종합병원에
구강과 매뉴얼 전달과 기술이전
을 위한 방북
서울대 관악분원과 단국대 죽전
치과병원에 대한 비판성명
6·2 지방선거 전 건치 선언 진행
4대강 반대 무상급식찬성 후보
지지 선언
의료민영화저지를 위한 무료건
강상담 및 진료캠페인 참가
7월 건치 회원의 날 개최
건강보험통합 10주년 기념행사
곽노현과 행복한 교육혁명을 꿈
꾸는 치과의사모임 결성
신의주 홍수피해 모금 캠페인 진행
9월 치과의 일상적 HIV 검사체계 개
발시도에 대한 대응
남북특위 10주년 기념백서 발간
10월 《아동·청소년 치과주치의 제도
도입을 위한 기초연구1》 발간
건치 전국 임원수련회
11월 베트남평화의료연대 10주년 기
념행사&2010년 정기총회&법인
창립총회
주치의 보고서 발간기념강연회

3월 20주년 기념사업 기자간담회
베트남평화의료연대 10기 진료단
발대식
4월 용산참사현장 세입자 건강검진
세계보건의 날 시민사회단체 기
자회견
한국장애인재활협회와 MOU 체결
5월 건치 20주년 기념행사
쌍용자동차 파업 노동자 진료
6월 6·10 민주회복 범국민대회 참가
보건의료인 6월 시국선언
민주주의 회복, 국민 건강권 수
호를 위한 치과의사선언
7월 치협의 반사국선언 관련 서명운동
전문치의제 위헌 소송에 관한 논평
각 지역별 틔움과 키움 워크샵
8월 치과의사 전문의 제도를 위한 열
린 토론회 참석
9월 제주도지사 주민소환 지지선언
및 후원
10월 의료민영화 저지 범국본 결성 기
자회견 참석
치과보험학회 발기인대회 참석
11월 어린이 충치예방사업비 삭감에
관한 성명

의방문

2007년

2006년

2005년

재단과 협약 체결
4–12월 여성부와 함께 '일본군 위안부 할머니 보철시술사업' 시행

2001년

1월 남북한 통일구강보건의료제도 구상 발간
2월 제2기 베트남 진료단 발대식
통일한국 구강보건 2차 토론회
3월 통일한국 구강보건의료제도 수립을 위한 남한 치과의사의 의식 개발방향 연구보고서 발간
제2기 '화해와 평화를 위한 베트남 진료단' 2차 진료
5월 수불20주년 기념조직위 수불캠페인
6월 수돗물불소화 20주년 기념대회
건치 쪽방진료소 활동평가 및 전망 토론회 개최
2001년 보건소구강보건사업 표준모형개발을 위한 기초연구 발간
8월 건치 여름한마당
12월 치과의약품 및 기자재 1차 북녘 지원

2000년

1월 제1기 베트남 진료단 발대식
2월 보건의료계 총선연대 기자회견
3월 제1기 '화해와 평화를 위한 베트남 진료단' 1차 진료
4월 'WTO와 보건의료' 간담회
'전문치의제' 기획간담회
5월 보건복지부에 비영리민간단체 등록

'북한어린이 살리기–1인1구좌 갖기 운동' 캠페인
6월 소책자 '엄마가 알아야 할 우리 아이들의 입안' 발간
서울역 쪽방지역 진료소 개소식
수돗물 불소화 전진대회
7월 인터넷 건치 홈페이지(www.gunchi.org) 개통
8월 '통일한국의 구강보건의료제도 구상' 토론회
11월 '수돗물불소화 사업의 이해' 매뉴얼 발간

1999년

1월 '수돗불 불소화 논쟁의 진실' 발간
4월 대한치과의사협회로부터 치과의료문화상 수상
6월 건치학술제 '아말감과 불소 이용은 해로운가?'
8월 '실직자 치과진료 네트워크' 조직 및 활동
10월 건치신서8 '수돗물불소화 어떻게 볼 것인가?' 발간
11월 '21세기 공공구강보건의료의 발전을 위한 토론회' 개최
의보통합·의료개혁을 위한 전국 보건의료인대회

1998년

1월 구강보건정책연구회 창립
6월 건치지수 발표
수돗물불화 전국대회
건치신서 4 [수돗물 불화기술(개정판)]

건치신서5 [불소와 구강건강]
건치신서6 [자이리톨의 모든 것]
건치신서7 [치아를 지키는 감미료] 출판기념회
7월   심포지엄 '남북한 통일 구강보건
      의료제도 구상'
10월 건치 회원의 날
11월 건치백서발간

1997년

1월   대만 핵폐기물 반입 저지를 위한
      범국민운동본부 참여
6월   6월항쟁 10주년을 맞이하는 보
      건의료인 가족한마당
      구강보건주간기념식 및 인터넷
      개통식
      북한어린이살리기 의약품지원본
      부 결성
9월   구강보건법 제정을 위한 공청회
11월 상수도수 불소화 심포지엄

1996년

2월   한국수돗물불소화연구회 창립
      총회
4월   북한수재민돕기 사업 시작
7월   '산재추방운동회 현실과 보건의
      료인의 역할' 보건의료인 단체
11월 경영교실(직원교실 프로그램) 1
      차 강좌
12월 노인틀니급여에 대한 정책 토론회

1995년

3월   상수도수불화 수도권 대책회의
      지역의원연합 창립대회
8월   8.15민족공동행사 참여
      백두산 기행
11월 산업구강보건협의회 주관 '구강검
      진사업회 정상화를 위한 공청회'

1994년

1월   건치 겨울학교
4월   세계구강보건의 해 기념식 및 공
      중구강보건법 제안설명회
      건치발전위원회 발기인대회
6월   공중구강보건법 제정을 위한 공
      청회
10월 전국 공보의대회

1993년

6월   구강보건주간 행사
8월   건치 여름한마당
10월 산업구강보건 협의회 세미나
12월 지역의원 워크샵

1992년

7월   울릉도 충치의 시술사업단 발대식
8월   건치 여름한마당
10월 건치신서1 《세계 여러나라의 구
      강보건진료제도》 출판기념회
      산업보건센터 추진대회
11월 건치 1차 회원의 날
      보건의료단체 연대회의 심포지엄

보건의료인 한마당
영호남 틀니사업

1991년 ····························

3월   수돗물 페놀오염 시민대책위원
       회 참여
6월   '공해병과 인간 생태학' 발간
7월   자료집 '구강영역의 산업재해' 발간
8월   '전국 10개 치과대학 예비의료인
       여름 한마당' 공동주최
       도서출판 건치 출판등록
11월   학술발표회 '수도권 노동자의 구
       강건강실태에 관한 조사연구'

1990년 ····························

2월   3당합당 반대 보건의료인 서명
       운동
3월   상수도 불화사업 시행촉구를 위
       한 치과의사 서명
4월   상수도 불화사업 시행촉구를 위
       한 가두캠페인
7월   산업재해 추방을 위한 보건의료
       단체 공동사업
8월   IPPNW(핵전쟁 방지 국제의사회)
       필리핀 대회 참가
9월   한반도 반핵과 구축을 위한 '90
       보건의료인대회' 공동주최

1989년 ····························

4월   연세민치, 청치 통합대회 '건강사
       회를 위한 치과의사회' 창립
       의료보장쟁취 공동위원회 구성

에 참여
5월   서울·경인, 부산·경남, 대구·경
       북, 광주·전남, 충청, 전북지부
       결성
       회지 '건강한 사회' 창간호 발간
6월   구강보건주간 행사
11월   통합일원화 국민의료보험법안
       입법 촉구

1988년 ····························

4월   청년치과의사회 창립
7월   고 문송면 산업재해 노동자 장
       참가
11월   국민건강권 확보를 위한 보건의
       료단체 연합대회

1987년 ····························

10월   연세민주치과의사회 창립

⚲ 건강사회를 위한 치과의사회 **전국 진료사업 지도**

1. 서울경기지부
투쟁현장의 연대진료

2. 인천지부
대북 치과진료 운영

8. 울산지부
장애인 진료에 '중점'

3. 대전충남지부
노숙자, 외국인 진료

4. 전북지부
자립 인애원 진료

7. 부산경남지부
장기수 유가족 진료

6. 대구경북지부
'틀니사업'전문 지부

5. 광주전남지부
영호남 합동사업

지부 외 사업

- **남북구강보건특별위원회** 개성공단 진료
- **건치 중앙** 서울역 쪽방진료, 이라크 의료지원, 장기수 진료소, 용산참사, 국제난민, 세월호 등
- **틔움과 키움** 정신보건 및 문화지원, 건강지원, 심리상담 및 정서코칭 상담
- **베트남 평화의료연대** 사회적약자 할 인진료, 해외진료

서울경기지부

- 울릉도 총의치 사업, 전교조 진료후원
- 장애인 진료사업
- 이주노동자 자녀 치과검진
- 촛불농성자, 기륭전자, 쌍용차 진료

인천지부

- 일본군 위안부 할머니 보철시술
- 이주노동자 치과진료소 '희망세상'
- 평양 겨레하나 치과병원
- 남동구 아동 청소년 치과주치의 사업

대전충남지부

- 노숙인 대상 '희망진료소' 운영
- 외국인 노동자 종합지원센터 무료진료소

전북지부

- 자림 인애원 진료

광주전남지부

- 영호남 화합을 위한 노인틀니 사업
- 광주 외국인 노동자 건강센터 진료
- 광산구 보건소 장애인 진료사업
- 선광학교 진료사업

대구경북지부

- 영호남 틀니사업
- 남구 독거노인 무료틀니 사업
- 이주노동자 무료치과진료실 개소
- 장애인 진료단

부산경남지부

- 장애인 복지관 치과진료
- 장기수 유가족 무료진료사업
- 실직자, 노숙자, 외국인 노동자 검진
- 무료보철사업

울산지부

- 울산이주민센터 및 치과진료소
- 태연재활원 진료
- 남구보건소, 메아리 장애인 진료

건치신문은 2015년부터 건치의 구석구석을 살펴보는 기획을 시작하였습니다. 집행위원회에서 이제 건치를 제대로 한번 평가해봐야 하는 것 아니냐는 논의를 할 때였습니다. 건치라는 조직이 문제도 많고, 정체된 것 같으며, 무엇인가 답답하다. 그러니 제대로 평가 한번 해보자는 것이었습니다. 이런저런 이유로 본격적인 평가 작업은 이뤄지지 못했지만, 신문사의 기획으로라도 건치의 역사와 현재, 그리고 고민을 살펴보고 싶었습니다.

30년 가까이 보건의료운동단체로, 때로 진보적임을 자임하는 치과의사들의 끈끈한 연대체로, 성장해온 건치를 제대로 들여다보고 싶었습니다.

맨 처음 전국의 건치지부를 취재했습니다. 전국 곳곳의 건치회원들이 모여서 어떤 일을 해왔고, 고민은 무엇인지 살펴보았습니다. 늘 함께 했던 건치 선생님들의 활동과 고민을 활자화해서 살펴보니 참 색달랐습니다. 일상적인 활동 하나하나에도 수많은 이들의 고민과 노력이 함께 했다는 것을 알 수 있었습니다. 그리고 그 활동이 우리가 사는 곳을 밝히고 있다는 생각이 들었습니다. 참 아름답게 말입니다.

 전국의 지부들을 다 취재하고 기사화한 후, 건치가 해오고 있는 많은 활동도 살펴보았습니다. 베트남평화의료연대, 구강보건정책연구회, 남북특위, 건치신문 등등. 건치의 활동은 오랫동안 참으로 다양한 분야에서 활발했습니다. 다른 이들의 이야기도 들었습니다. 건치와 오랜 기간 연대활동을 해왔던 이들이 바라보는 건치의 모습도 들었습니다. 모든 과정을 거치면서 건치라는 조직이 참으로 멋있다고 여겨졌습니다.
 너무나 오랫동안 함께하느라 건치가 그리고 그 건치를 만들어가고 있는 건치 사람들이, 그리고 그들이 우리 사회에서 해내고 있는 일들이 얼마나 멋진 일인지 무심했다는 생각입니다.

 취재를 하고 기사화된 글들을 보면서 건치의 멋진 활동들을 제대로 정리하고 경의를 표하고 싶었습니다. 활동에 대한 막연한 미화와 자기만족차원이 아닙니다. 오랫동안 수많은 시행착오에도 불구하고 뚜벅뚜벅 걸어온 사람들에게 대한 경의입니다. 많은 사람들이 함께 고민하며 애써서 만든 과거이고 현재이기에 보내는 경의입니다.
 좋은 자원, 좋은 사람들, 좋은 지위를 가지고 고작 그 정도밖에 안 되느냐는 힐난도 있을 수 있습니다. 그러나 한 번쯤 열심히 달려온 시간에 대해서 스스로 따뜻한 격려를 보내주길 바라면서 책을 엮었습니다.

 이 책을 엮는데 수고한 분들이 참 많습니다. 윤은미, 안은선, 이상미 기자는 전국 곳곳을 다니면서 건치사람들의 진솔한 이야기와 조직의 고민을 담아서 글로 엮어냈습니다. 각 지부와 특위들은 회의를 하고 자료를 제공하여 주었습니다. 모든 건치회원들이 따뜻한 관심과 애정을 보여주었습니다.

감사하다는 말보다 우리 이 책을 보고 한 번쯤 뿌듯해 하자고 말하고 싶습니다. 그리고 맘속으로 우리가 고작 이것밖에 못 했나 한 번 더 힘내서 잘해볼까. 이런 생각도 해보자고 말하고 싶습니다.

시간이 지날수록 자랑스러운 말이 있습니다. '저는 건치사람입니다' 하는 것입니다.

모든 건치인들에게 이 책을 드립니다. 그리고 사람들에게 말합니다. 앞으로 눈 부릅뜨고 지켜봐 달라고 말입니다. 건치인답게 건강한 세상을 위해 우리는 늘 달려갈 것이라고 말입니다.

편집국장 김철신

"기자님. 또 왔어요?" 이번 기획 초반에 지부를 순회하던 중 많이 들은 소리다.

취재하러 다니면서 기사 좀 잘 써달라는 청탁(?)을 주로 받아왔는데 이런 박대(?)는 역시 건치에서나 받는다. 취재 내내 이어지는 조직에 대한 지나친 자기 성찰과 비관적 미래 전망도 탈고를 더 어렵게 했다.

"우리(건치)가 없어도 되는 세상이 와야 한다. 그래서 우리 미래는 없었으면 한다"고 했지만, 당분간 그런 세상은 보기 힘들 것 같다. 어쩌면 영원히 오지 않을지도….

이 책의 발간을 시작으로 건치를 비롯한 시민사회가 성과를 드러내고 알리는데 더 익숙해지길 바란다.

윤은미 기자

끝났다. 1년 반을 달려온 건치 지부기획이. 시작은 첫 빠따(?)라 무겁고 평범하고, 그랬다.

수많은 사람들의 마음을 아끼지 않는 협력과 고통(?!) 속에 한 권의 책으로 엮인 걸 보니 뿌듯하다. 지부의 미래에 대한 간담회를 진행할 때면 선지자적 비관과 발전적 해체론이 나오기 일쑤라 '괜찮을까?' 싶기도 했지만, 밖에서 본 건치는 이름 그대로 '건강한 사회를 위해' 담담하게 길을 헤쳐 온 조직이었다.

한 세대를 건너는 조직을 옆에 바짝 붙어 관찰하고 서투른 글솜씨라도 써낼 수 있었던 것은 기자로서도 즐거운 경험이었다.

안은선 기자

입사 몇 달이 안 돼 건치의 과거·현재·미래를 조망하는 기획기사를 쓰게 됐다.

이 크고 역사 있는 조직에 대해, 속된 말로 '1도 모르는' 신입기자가 던질 질문이 있을까. 잘 모르겠더라.

덕분에 매번 맨땅에 헤딩하는 기분으로 취재처를 찾아가 각 지역에서 활동하는 건치 선생님들을 만났다. 쑥스러워도 무작정 찾아갔던 과정에서 겪었던 시행착오들, 그 과정에서 여러 선생님의 도움으로 못 써낼 거로 생각했던 기사들이 세상에 나왔다.

재미난 건치 활동들, 나아가 삶과 자신을 바꾸는 이야기를 기꺼이 내어주신 선생님들께 감사하다. 선생님들의 이야기를 귀동냥으로 들은 덕분에 예전보다 아주 쪼금 더 밥 값하는 기자가 된 것 같다(고 생각하는데 실상은 과연…).

이상미 기자

건치,
이상한
치과의사들의
이야기

2017년 02월 06일 초판 1쇄 발행 ∣ 2017년 05월 18일 2쇄 발행
엮은이 · 건치신문 편집국
발행처 · ㈜건치신문

펴낸이 · 김양수
편집디자인 · 이정은
펴낸곳 · 맑은샘 ∣ 출판등록 · 제2012-000035
주소 · (우 10387) 경기도 고양시 일산서구 중앙로 1456(주엽동) 서현프라자 604호
전화 · 031-906-5006 ∣ 팩스 · 031-906-5079
이메일 · okbook1234@naver.com ∣ 홈페이지 · www.booksam.co.kr

ⓒ ㈜건치신문, 2017
ISBN 979-11-5778-188-1 (03800)